# おお魔王、死んでしまうとは何事か

～小役人、
魔王復活の旅に出る～

榊一郎
Ichiro Sakaki
イラスト：鶴崎貴大
illustration:
Takahiro Tsurusaki

「人類と魔族の戦争を終わらせる為に
私はお前を討つ」
預言に謳われた
人類と魔族の戦争を終結させる者
〈勇者〉

「人類の〈勇者〉よ。
遠路はるばる、この魔族領域の最奥部まで……
大儀なことよな」
魔族領域の王
〈魔王〉

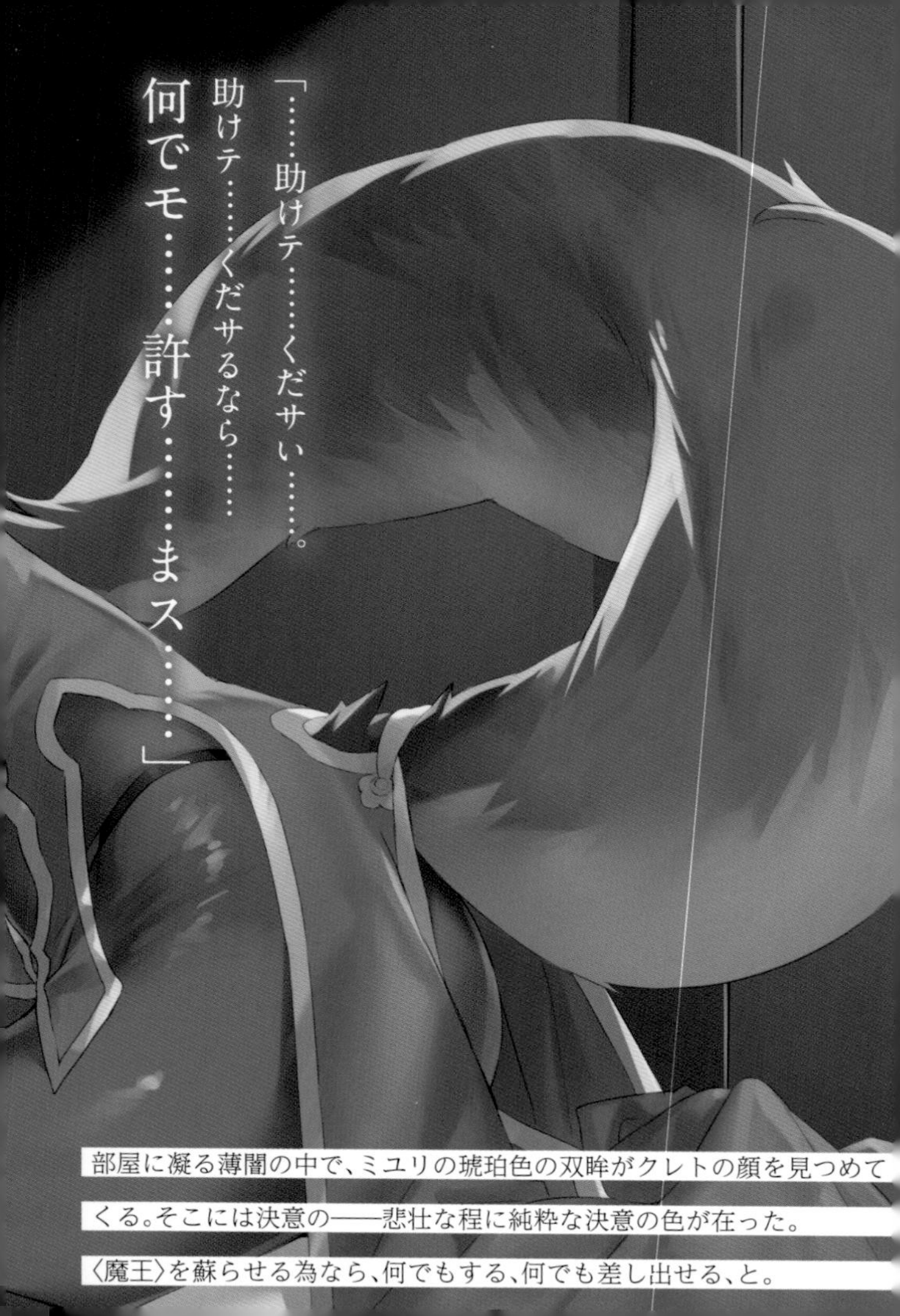
「……助けテ……くだサぃ……。

助けテ……くだサるなら……

何でモ……許す……まス……」

部屋に凝る薄闇の中で、ミユリの琥珀色の双眸がクレトの顔を見つめてくる。そこには決意の——悲壮な程に純粋な決意の色が在った。

〈魔王〉を蘇らせる為なら、何でもする、何でも差し出せる、と。

〈魔王〉の乳姉妹である魔族の少女
ミユリ・カツシロ
〈魔王〉復活の極秘任務を押しつけられた小役人
クレト・チェンバース

「メルダ・チェンバース。
今日からそう名乗ればいいよ」

クレトに名と姓を貰い妹となった
人類最強の戦闘能力を持つ〈勇者〉
メルダ・チェンバース
「うん。ありがとう。
クレトお兄ちゃん」

INDEX

# おお魔王、死んでしまうとは何事か

～小役人、魔王復活の旅に出る～

榊 一郎

講談社ラノベ文庫

口絵・本文イラスト／鶴崎貴大
デザイン／林弘樹
編集／箕崎准

# 序章

謁見の間は静寂と――濃密な血の匂いに満たされていた。

「…………」

床の上に転がる幾つもの屍《しかばね》が、つい先程までこの場で繰り広げられていた闘争の凄惨さを音もなく物語っている。

胴体に大穴の穿《うが》たれた骸《むくろ》。

首を切り落とされた骸。

炭のように黒く焼け焦げた骸。

枯木の如《ごと》く干涸《ひか》らびた骸。

何をどうやったのか……白骨死体まである。

その死に様は各者各様で、生前の姿を留《とど》めている亡骸《なきがら》の方が少ない。

絵に描いたような、阿鼻叫喚《あびきょうかん》の図…………………なのだが。

「……………ふむ」

〈王〉は、玉座に片肘をついて悠然と寛《くつろ》ぎながら微笑を浮かべていた。

長く艶《あで》やかな緋色の髪と切れ長の深紅眼。肌は雪のように白く、まとう衣は大胆に胸元を開き袖に幾重もの襞《フリル》をあしらった黒繻子《サテン》の長礼衣《ドレス》。

何かに倦《う》み疲れたかのような、どこか気怠《けだる》い雰囲気を漂わせているものの、美しい娘であることには誰も異論を唱えまい。

ただ——その髪をかき分けるようにして頭部に生える一対の角、そして足元からゆるく輪を描く鎧竜の如き長い尻尾……これらの点から、この〈王〉がいわゆる『人』でないことは明白だった。

魔族。そう呼ばれる異形の者共の長。

それ即《すなわ》ち——〈魔王〉。

「遠路はるばる、この魔族領域の最奥部まで……大儀なことよな」

〈魔王〉は興味深そうに眼を細め、謁見の間の真ん中に立つその侵入者を見据えていた。

「…………」

侵入者は——無言。

まるで彫像のように身動《みじろ》ぎ一つ示さない。

小柄な体躯《たいく》に、真銀《ミスリル》のものと思《おぼ》しき全身甲冑《プレートメイル》を着けており、兜《ヘルム》に隠れて顔も見えない。

表情どころか、老若男女の区別すら一見しただけでは判別がつかなかった。

「ひょっとして、たった一人で？」

そう問うてから——〈魔王〉はふと何か思いついた様子で頷《うなず》いた。

「……ああ、そうか。魔族語《デモニッシュ》がわからんか？　当然と言えば当然の話だが、これでは恨み言の一つも届かぬな。さて、どうしたものか。間の抜けた話よ」

「…………………………いや」

侵入者の兜の下から――ふと、こぼれ落ちるようにして声が漏れた。

「魔族語は覚えた。魔族の言葉を聞く機会は多くあったから」

声――なのだろう。断言を憚《はばか》るのは、そこに良くも悪くも何の感情も滲《にじ》んではいないからだ。

まるで、風や波の音のようだった。

〈魔王〉の城の最奥に――いや〈魔王〉の言葉通り、魔族領域の最奥に達し、今まさに魔族の長たる者の前に肉薄していながら、それを誇るでもなく、それまでの苦労に想《おも》いを馳《は》せるでもない。かといって、先程までの殺戮《さつりく》に昂《たか》ぶり我を忘れているという風ではなし、理性で激情を抑え込んでいるという感じでもない。

「同行者は沢山いたけどね。全員死んだよ」

「然様《さよう》か。まあ――おあいこ、といったところか」

〈魔王〉はその美しい顔に苦笑を浮かべた。

「貴様とてここに来るまでに魔族の屍山血河《しざんけつが》を築いてきたであろうし、現に今、妾《わらわ》も近衛《このえ》や側近を皆殺しにされたわけであるしな。中には指折りの屈強な戦士も混じっておったのだが、貴様を討ち取るどころか、さして保《も》ちもしなかった。さすがと言うべきか」

〈魔王〉は切れ長の黒い双眸《そうぼう》をわずかに細めて言った。

「そこに一人残ってるみたいだけど？」

と侵入者が右手に握った剣の切っ先を向けるのは、玉座の傍らだ。

確かに、そこには一人の魔族が立っている。

〈魔王〉と同じく、人類と似た姿をしてはいるが……これまた〈魔王〉と同じく、人類は本来備えていない筈《はず》のものが備わっていた。

獣じみた黒毛に覆われる尖《とが》り耳と、やはり黒毛に覆われた尻尾。人を獣に寄せたのか、獣を人に寄せたのか、いずれでもありながらいずれでもない、両者の中間に立つかのような異形の——人類の価値基準から見れば——者だった。

「この者は妾の乳姉妹《ちきょうだい》でな」

片手をひらひらと、気易《きやす》く振って見せながら〈魔王〉は言った。

「同じ乳母の乳を吸って育った。知っておるか、人類の〈勇者〉よ？　魔族も人類も、母乳というのは、血から造られるそうだ。つまりは同じ血を啜《すす》り、それを血肉となして育った、まさしく血を分けた姉妹というわけだ。側近というより我が半身のようなものだな」

「へえ。そうなんだ」

と侵入者は——〈勇者〉は淡々とした口調と声音で応じる。

「まあどうでも良《い》いけど。………そろそろいい？」

と〈勇者〉は剣を無造作に携えたまま一歩前に踏み出す。

咄嗟《とっさ》に玉座の脇に立つ魔族が――〈魔王〉の言うところの『乳姉妹』が、主を庇《かば》うかのように前に出ようとする。だが〈魔王〉は片手を挙げてその動きを制した。

「控えておれ、ミユリ」

「陛下――」

「まあ待て、〈勇者〉よ。折角、ここまで来たのだ。もう少し妾の話に付き合っても罰は当たるまいよ。茶菓子は出せんが勘弁せよ。給仕の者まで貴様が殺してしまったが故な」

「逃げる者までは殺してないよ。きりがない」

再び足を止めてそう〈勇者〉は応じる。

「そうであろうな。戦士でない者までが、妾を護《まも》ろうと必死になってくれただけだ。だが結果はこのありさま――武力で貴様を止めることなぞ叶《かな》わぬのは最早《もはや》、明らか。なので妾は別の手で貴様に対しようと思う」

「……何の話だろう？」

「そうだな。例えば……」

〈魔王〉はその立派な角の備わった頭を傾けて言った。

「……勧誘とかな。美味《おい》しい餌で貴様を釣ろうというわけだ」

「茶菓子は出ないって言わなかったっけ」

「餌というのは、ものの喩《たと》えだ。獣の餌付けでもあるまいし」

〈魔王〉は――しばし右の人差し指を自分の額に当てて、何か考えていたようだったが。

「そうさな……さしずめ『妾の提案を受け入れよ。さすれば世界の半分をお前にやろう』とかか」

「……いや、別に要らないし」

あっさりと〈勇者〉はその提案を拒否していた。

「欲のない奴《やつ》であるな。それとも道徳や信念からの言葉か？」

「貰《もら》っても、どうして良いのかわからないよ」

「…………」

一瞬、驚いたように〈魔王〉は眼を瞬《まばた》かせてから――

「はは、は、なるほど、どうして良いのかわからないか。手に余るか」

――実に愉《たの》しげに笑った。

「そうであろうな、持てあますだろうとも、よくわかるぞ」

「…………？」

〈魔王〉が何を笑っているのかわからないのだろう。〈勇者〉は怒るではなく、一緒に笑うでもなく、真銀《ミスリル》の兜に護られた首をわずかに傾《かし》げた。

「まあ、元々魔族と人類で世界を二分し延々と拮抗《きっこう》しておるのだから、『世界の半分』というのは、さすがに盛り過ぎか？」

「…………」

「人類の〈勇者〉よ。では何か欲しいものはないか？　何か望みは？　魔族領域を縦断してここまで達するのは並大抵の苦労ではあるまい。貴様は何を対価としてここまで来た？　何を約束されてここまで？」

　わずかに玉座から身を乗り出しつつ〈魔王〉はそう問うた。

「金銭か？　名誉か？　はたまた人質でもとられておるか？」

「……私は預言に謳《うた》われた〈勇者〉」

　それまでと打って変わってどこか朗々と——詠《うた》うように、吟じるように、緩急をつけながら〈勇者〉は言った。

　まるで何度も何度も繰り返して覚えた物語を暗唱するかのように。

　まるで同じ曲を繰り返し演奏し続ける機関仕掛け《カラクリ》のように。

「私は人類と魔族の戦争を終わらせる者。そういう運命《さだめ》。そういう存在《もの》」

　陽が地を照らすように。

　潮が満ちて引くように。

　星が夜空に輝くように。

　理由などなく、ただただ、それが当然。

「私はただ〈勇者〉であり、〈勇者〉であるが故に戦う。〈魔王〉よ、人類と魔族の戦争を終わらせるために私はお前を討つ」

「なるほど。そう言われたか。言われたからか」

〈魔王〉は頷いた。

「最初から欲など持っておらぬと。少なくとも欲得のためにここに来たわけではないと。これでは買収など効かんな。正しい。実に——正しい」

金銭を理由に戦う者は、より多量の金銭を積まれれば裏切る。

名誉を理由に戦う者は、大義名分が失われれば気勢が尽きる。

情愛を理由に戦う者は、より深い情愛を得れば容易《たやす》く逃げる。

さりとて、そういう仕掛け、そういう生き物には——理由はなく、ただそうするためだけにそうする存在には、如何《いか》なる誘惑も効きはしない。喜怒哀楽一切の感情を差し挟まず、それ故に躊躇《ちゅうちょ》も逡巡《しゅんじゅん》もなく、反旗を翻すこともなく、ただただ無心に使命を実行する。

確かにそれは理想的な兵士のあり方なのだろう——が。

「そろそろ殺して良いかな？」

と〈勇者〉は再び一歩前に踏み出しながら言った。

「だから待てと言うに。妾も殺されたくはないのでな。では別の提案をしようか」

「……だから別に何も要らないけども？」

「お前は戦争を終わらせるためにここに来た。そう言うたな。ただ『終わらせる』ために。そう預言に謳われたから。それが存在理由だと言われたから。至極明快。至極単純。だが——それ故によく考えよ。そも——妾を討てば本当に戦争は終わるか？」

「終わらないの？」

と〈勇者〉は首を傾げる。

「終わらぬだろう――勿論《もちろん》『〈魔王〉討ち取ったり』と喧伝《けんでん》することで、士気を上げ、勝利に向けて人類の大攻勢は始まるかもしれんが。魔族は魔族で国を成しておるでな。国とは制度だ。制度という枠組みの中では、個は取り替え可能な部品に過ぎん、たとえそれが王であっても」

玉座の肘掛けを指先で叩《たた》きながら〈魔王〉は言った。

「妾が討たれたところで、別の誰かが担ぎ上げられて、次の王が立つだけよ。『先王を卑劣にも暗殺した人類を許すな』と民を鼓舞しつつな」

「…………」

「勿論、多少の混乱は必至故……そこを人類に攻められれば魔族は敗北に向かって長い長い坂を転がり落ち始めるかもしれんが、一朝一夕に戦争が終わったりはせんよ。百年続いた戦だ。そう単純なものではない」

〈魔王〉の表情に歪《いびつ》な笑みが浮かんでいるのは、自らの死を喧伝し次の〈魔王〉が魔族の民を煽《あお》る様子を、想像しているからか。

「だが今すぐ戦争を終わらせる方法があるとすれば、なんとする？」

肘掛けを叩いていた指先を〈勇者〉に向けて〈魔王〉は言った。

「あるの？」

「あるとも。戦争を終わらせられるのならば、別に妾を討たずとも良いのではないか？　貴様にとってもそれは、悪い話ではあるまい？」

「…………」

〈勇者〉は無言。勿論、兜の下の表情も見えない。

だがほんのわずか――携えた剣の切っ先が下がったのは、〈魔王〉の言葉に何らかの興味を覚えたからなのかもしれない。

「まあ、そういうことさ」

〈魔王〉は玉座から立ち上がり、右手を高々と掲げる。

鋭い爪が生《は》え揃《そろ》った五指を伸ばして揃えると――〈魔王〉はいきなりそれを、豊かな乳房を備える自分の胸へと、躊躇なく突き刺していた。

「……なにしてるの？」

と〈勇者〉が特に驚きもせず、どこか不思議そうに尋ねる。

「心の臓をな、一つ、つかみ、出そうかと、試みて、おる」

「――陛下！」

『乳姉妹』の魔族が、さすがに慌てたように声を掛けるが……〈魔王〉本人は平然と笑いながら、自分の身体《からだ》の内側より何かをつかみ出してくる。

言葉通りであるならば、己の、心臓を。

それは――驚いたことに、まだ、掌《てのひら》の上で鼓動を繰り返していた。

「……これでな、戦争を、終わらせる」

〈魔王〉の口調に強張《こわば》りがあるのは、さすがに己の臓器を――しかも生命の源とも言うべき臓物をつかみ出すのは堪えたからか。

だが逆に言えば、心臓を自ら引きずり出しておきながら、〈魔王〉は倒れるでもなく、まだ会話を続けている。何らかの魔術によるものか。あるいは〈魔王〉にとって心臓など飾りに過ぎないのか。いずれにせよ人類の感覚では理解しがたい行為であり肉体である。

「これを、お前に渡そう」

〈魔王〉はどこか掠《かす》れた声で言った。

「当代〈魔王〉の心臓、持ち帰るが、良い。此度《こたび》の旅の、戦利品として」

〈魔王〉はまるで気心の知れた友に餞別《せんべつ》でも渡すかのような気易い仕草で、己の心臓を〈勇者〉に向けて投げた。

「…………」

〈勇者〉は左手を掲げてこれを空中で受け止める。

その姿を、満足げに見つめてから――〈魔王〉が何かを呟《つぶや》きながら掌で己の胸を撫《な》でると、どういう仕掛けか、はたまた魔術か、心臓を抉《えぐ》り出《だ》した傷の流血はぴたりと止まっていた。

「では――」

倒れ込むようにして再び玉座に座りながら、〈魔王〉は言った。

「改めて『終わり』の話を……するとしようか」

# 第一章　小役人の憂鬱

クレト・チェンバースは焦っていた。

「……なんでっ………」

焦燥感のあまり昨晩は夕食も摂《と》っていないし、ろくに寝てもいない。

出仕前に鏡を見ると、眼《め》の下に隈《くま》ができていた。元々色白な上に、童顔でしばしば子供に見紛《みまが》われる顔立ちのせいか——殊の外その翡翠色をした双眸《そうぼう》の下の黒ずみは、禍々《まがまが》しく目立って見える。

鮮やかな金髪も——癖っ毛なのでぼさぼさなのはいつものことだが、今はまるで乾ききった枯木のように、色がくすんで見える。

人間、心労がひどいとここまで一晩でやつれてしまえるのだと、クレトは初めて知った。

「——よう、チェンバース」

役所に出仕した途端、同僚の一人が彼を見つけて声を掛けてきた。

「お前、何やったんだ？　王宮から騎士と政務官が来てるぞ」

「知りませんよ！」

所詮は他人事《ひとごと》――と後輩の苦境を面白がっている様子がありありと見える同僚に、喚《わめ》くような口調でそう応じると、クレトはいつもの仕事部屋を通り抜けて役所の奥に向かった。

「……騎士だって？　それに政務官？」

冗談ではない。まったく、本当に、微塵《みじん》も、笑い事ではない。

奥に続く薄暗い廊下を歩きながらクレトは独り愚痴をこぼす。

「僕が一体何をしたっていうんだよ？　半年間、真面目に勤めてきた――筈《はず》なのに」

クレトが――上司に呼び出されたのは、昨日の午後だった。

昼食を摂って自分の机に戻ってきたばかりのクレトに、上司はもごもごとくぐもった口調で身辺整理をしておくようにと命じてきた。抱えている途中の仕事について、片付けられるものは早々に片付け、そうでないものは同僚に引き継ぎを済ませておくように――と。また私物も全て持ち帰るようにと言われた。

つまりそれは『お前の居場所はもうここにはない』という意味だろう。

だが何故《なぜ》――突然そんなことを？

仕事で何か大きな失敗をした覚えはない。上司の不興を買った覚えもない。そもそも何かしくじったとしても……こんなに、戒告も叱責もないまま、いきなり首を切られることなどない筈だ。一度や二度の失敗でいちいち新人官吏を解職《クビに》していたら役所なんぞはすぐ人手不足で立ち行かなくなる。

とはいえ……クレトを名指しで、騎士や政務官まで来ているとなると、何かの間違いということもないのだろう。

（まさか、官吏登用試験で年齢を誤魔化したのがばれたとか？）

官吏登用試験を受けられるのは十六歳からだが、クレトは今現在十五歳だ。つまり十四歳の時に、二年ばかりサバを読んで試験官らを騙《だま》していることになる。

もっとも孤児で僧院育ちのクレトの正確な生年月日は誰も知らないので、これは必ずしも嘘《うそ》をついたことにはならない筈――と勝手にクレトは納得していた。

「かくなる上は――」

泣き落としでもすべきか。

例えば――応接室に入った途端に土下座してひたすら謝罪する。

でもって、自分がいかにこの職を愛しているのかを切々と訴える。

ついでにいもしない郷里の寝たきりの親とかもでっち上げて同情を誘うとか。いや……駄目だ。前に親の葬儀を理由に一日休む、という手をもう二度使っている。

「…………」

役所の最奥にある応接室。

その扉の前に辿《たど》り着《つ》くと、胸に手を当てて、深呼吸。

服の下に紐《ひも》でぶら下げている小さな銅札……お守り代わりに、物心ついた頃から肌身離さず持っているそれの感触を確かめてから、クレトは扉に手を掛けて声を張り上げた。

「クレト・チェンバース、参りました！」

「……入りなさい」

と上司の声が応じてくる。

「失礼します」

そう言って応接室の中に足を踏み入れるクレト。

ここに入るのは初めてである。

さして広くはないが、貴族や高級官吏がこの役所を訪れる際に使われる部屋ということもあって、敷かれた絨毯《じゅうたん》は厚く、置かれた家具も細部にまで贅《ぜい》を凝らした高級品である。質素倹約を旨として無骨な内装の多い役所の一部とは、とても思えない。

中には――思った以上に多くの人影があった。

まず中央に置かれた卓の向こう側に、見慣れた顔の上司。

その隣にいる痩せた老人は――王宮政務官だろう。

更に彼らの背後には四名の、それも帯剣した騎士が立っていた。

帯びている鎧《よろい》は要所のみを護《まも》る簡易型だが、剣は式典用の装飾品ではなく、実戦で使われると思《おぼ》しき無骨な代物だ。

つまり彼らは、軽装ではあるものの、はっきりと武装していた――伊達《だて》でも酔狂でもなく、恐らく今この場でそれらを使うことを想定して支度してきたのだ。しかも四人も。単に政務官の護衛というだけなら四名も必要あるまい。

彼らが壁際に並びながら、しかし不自然なほどに間を空けて立っているのは、抜剣する際に隣の者に当たらないようにとの配慮か。

（な……なんで……!?）

クレトが逆上して暴れるとでも思われているのだろうか。

すると、クレトはこのまま問答無用で――何の罪を問われているのかもわからないまま、連行されて牢獄《ろうごく》に放り込まれるのか。鼠《ねずみ》も喰《く》わないような臭い飯を食わされるのか。

抵抗すれば斬られるのか。

（それとも刑場に引きずり出されて首を――）

己が放り込まれるであろう悲惨な状況の妄想が、脳内で暴走する。

「クレト・チェンバース」

「誤解です！　冤罪《えんざい》です！　僕は無罪です！」

改めて上司から名を呼ばれた瞬間――クレトは、悲鳴じみた声でそう叫んでいた。

「クレト・チェンバース」

「ここに勤めて半年余り、ひたすら真面目に――」

「クレト・チェンバース」

「僕はこの仕事をとても愛していて、郷里には寝たきりの妻と将来を誓い合った娘が――」

「……クレト、チェンバース？」

「あ、は、はい」

咄嗟《とっさ》の言い訳を思いつく端から口にしていたクレトは――どこか苛立《いらだ》たしげに尖《とが》った上

司の声に呼ばれて我に返った。

「座りなさい」

「えっと――」

壁際に立ったままの騎士四名――彼らを差し置いてというのは気が引けたが、役職としても年齢としても目上の者に命じられれば、従わないわけにはいかない。おっかなびっくりといった様子でクレトは上司と、そして政務官の向かいの席に腰を下ろした。

(あ、土下座し忘れた)

などと座ってから後悔するが、もう遅い。

「――彼が？」

と政務官が上司の方を向いて問う。

「……はい。彼が適任かと思います」

上司はそう言った。

「子供のように見えるが？」

「確かに見てくれは少々幼く、身の丈も低いので、頼りなさげにも見えますが――官吏登用試験にも合格しておりますし、僧侶資格も持っております」

「ほう――僧侶資格を？　ということは法術も？」

「『復元』や『治癒』、『解毒』、『聖楯《せいじゅん》』、『遠視』、『遠聴』等……幾つかの法術も比較的高い精度で扱えます。身体的には健康で、先程、本人も主張していましたが、勤務態度も悪くない」

「……なるほど、なるほど」

と——何やら満足げに頷《うなず》く政務官。

（……あれ？）

クレトは拍子抜けしていた。

てっきり何かの罪で糾弾されると思っていたのだが。そういう殺伐とした空気は、今のところ感じられない。それどころか、上司の言葉はむしろクレトを褒めて、何かに推しているようにも思えて——

「クレト・チェンバース君」

改めて政務官が真正面から彼の顔を見つめて声を掛けてくる。

「君は、犬は好きかね？」

「——は？」

名乗りもせずに、いきなり何を聞いてくるのか、この政務官は。

「それとも君は猫派かね？　世の中の人間は大抵、犬派か猫派に分類できるそうだが」

「はあ……どちらかといえば犬……でしょうか？」

意図の見えない質問に迂闊《うかつ》な答えを返すのは危険だとわかっていたが、黙っていればいたで、相手の心証を損ねかねない。

「そうか。君は犬派か。実は私も犬派でね。家でも二頭飼っていてね」

と政務官はまた何度も満足げに頷いていたが。

「では更に聞くが。君は魔族をどう思うね？」

「魔族――ですか？」

重ね重ね何故そんなことを？　と――尋ねる台詞《せりふ》を、しかしクレトは口から飛び出す前に呑《の》み込んだ。『お偉いさん』は大概、質問に質問で返されるのを嫌う。

「魔族は『憎むべき人類の敵』で、『忌むべき怪物共』です」

相手の反応を窺《うかが》いつつも、無難な答えをとりあえず並べてみる。この手の『模範解答』は官吏登用試験の時に散々練習したので、何ら問題はなく、すらすらと口にすることができた。

「児童向けの教本をはじめ、大抵の書物にはそう書かれているし、役所の掲示板に張り出される公報にもそう書かれている。で、君もそう信じている、ということかね？」

「…………」

政務官の言葉にクレトは思わず口をつぐんだ。

この老人がどんな言葉をクレトから引き出したいと考えているのかわからないからだ。問答無用で騎士に引っ立てられるようなことはなさそうだが、何かと不自然というか――正規の手順を色々すっ飛ばして、強引に事を進めるかのような、どこか不穏な空気がここにはあった。

（教本通りの答えを求めているわけではない？　迂闊な答えは、やはり己の首を絞めるかもしれない。

政務官の口ぶりはそんな風にも聞こえた。

「醜いとか、おぞましいとか、そういうことでしょうか？」

本や公報から得た客観的な知識ではなく、もっと個人的な――主観的な感想を聞いているということか。だが『醜い』『おぞましい』という評価も大抵は書物に書かれていて、そこから得た知識に過ぎず――実体験から来る評価とは程遠い。

「魔族に会ったことは？」

「いえ。ありません」

クレトは小賢《こざか》しく考えを巡らすのは諦めて、正直に答えていた。

ここまで徹底的に相手の意図が読めない状況で、中途半端なその場の嘘や誤魔化しを口にしても意味がない……どころか、状況の悪化を招く恐れがある。

魔族に会ったことはない、だから個人的な、実体験に基づく感想を求められても、自分には答えられない――そう返したつもりだったのだが。

「ではこれが初体験ということかな」

と政務官が言って、その視線をクレトから、彼の背後へと滑らせる。

「――⁉」

その意味に気付いてクレトは咄嗟に背後をふり返り、そしてようやく、部屋の入り口の脇に――壁際の暗がりに、ひっそりと立っている人影に気がついた。

とりあえず長身、なのはわかる。

小柄なクレトと比較すると、頭一つ分か、それ以上に背が高い。

目深に頭巾《フード》を被り、ぞろりとした外套《マント》に身を包んでいる為に、その容姿は判然としない。ただ胸元が大きく盛り上がっている事からして——中身は女性か、もしくは下に鎧でも着込んでいるのか、という程度には推測がついた。

「紹介しよう。彼女はミユリ・カッシロ——魔族だ」

政務官の言葉に合わせてその人影が頭巾を脱ぐ。

途端——ぴん、と音が聞こえてくるような動きでその長く艶《つや》やかな黒髪の間から『何か』が跳ね上がる。

それは——一対の、やはり黒毛に覆われた尖り耳だった。

人類の耳とは明らかに形状も位置も異なるそれは——人に非ざる存在の証。

（騎士が武装してここにいるのは……）

その理由をようやくクレトは理解した。

●

魔族——人類の敵対者。

人類と似て非なる、獣の要素をその身に宿した異形の怪物共。

知性はあれど人間に及ばず、理性はあれど凶暴故に言葉よりも暴力が優先する。

故に連中は人類とは相容《あいい》れぬ『敵』であり純粋な『悪』である。

対話など無駄。命乞いも無駄。言葉など幾百幾千積み重ねても無力。

一度相見《あいまみ》えれば、まずは刃をもってその首なり心の臓なり、急所を突いて殺すことを考えるべし。可及的速やかに殺さねば自分が死ぬことになる。

為政者達《たち》は魔族について、そう喧伝《けんでん》してきた。

教本で。公報で。演説で。時には風説をも操って。

だが――

（魔族……）

正直、クレトは魔族に対して何ら思うところはない。

勿論《もちろん》、魔族と呼ばれる連中がいる、人類と敵対している――と知識としては持ち合わせているが、ただ、それだけだ。

小競り合いを含めれば、もう百年近くも延々と人類と魔族は戦争を続けている。

故に人類の辞書において『魔族』とは『敵』もしくは『悪』の同義語になっていた。

ただ……クレトが物心ついて以降、育ってきた土地は戦地から遠く、今まで実際に魔族をその眼で見たこともない。なかった。今までは。

だからクレトにしてみれば魔族は魔族、ただそれだけで、それ以上でもそれ以下でもなく、好きとか嫌いとか、憎いとか憎くないとか、許せるとか許しがたいとか――そういう感情の対象ではなかったのだ。

（どうでもいい存在っていうか……）

クレトにとっては飢餓や貧困の方が遥《はる》かに差し迫った脅威だった。

（この王都の庶民の間でも、魔族を毒虫みたいに嫌ってる人達はいるけれども……）

クレトはただただ呆然《ぼうぜん》と眼の前の魔族を見つめる。

前述の通り――戦時ということもあって、人類領域にある諸国は、国民の魔族に対する敵愾心《てきがいしん》を煽《あお》るため、『魔族とは醜く邪悪な怪物』であると喧伝してきた。

子供達に見せる教本にはその『醜悪な』魔族の絵が必ず載っているし、教本に限らず同種の絵画は役所や僧院、神殿、公共広場等々、至る所で見ることができる。

頭部があって、胴体があって、四肢があり、直立歩行する――つまり大雑把には人類と類似の形状をしているが、そうした絵画に描かれる魔族は、殊更に身体《からだ》の一部を肥大化させたり、あるいは矮小化《わいしょうか》させて均衡を崩すような描かれ方をしており、更には人間にはない器官――角や獣耳、尻尾、あるいは第三の眼、獣毛や鱗《うろこ》に覆われた皮膚、といった特徴は不自然なほどに強調されていた。

しかし……

（……………さ……触りたい………！）

深刻な諸々をすっ飛ばして、クレトの第一印象はそれだった。

政務官に紹介された魔族の娘は実に美しかった。

長身痩軀で、目鼻立ちはすっきりと涼しげ、肌は白くきめ細かく、顔の輪郭は綺麗《きれい》な卵形である。琥珀色の双眸は少し吊《つ》り気味で、気が強そうな感じもするが——絵画に描かれる魔族のような、怪物じみた凶眼ではない。むしろその黒髪の間に立っている耳さえ隠してしまえば、人間の娘にしか見えない。それも相当な器量好しの。

「思いの外、人間に似ているだろう？」

と——クレトの内心を見透かしたかのように政務官は言った。

「え……ええ」

と頷いて見せつつも、そんなことはクレトにとって二の次だった。

（あの耳の内側の和毛《にこげ》……白い和毛……うわあ、柔らかそう……！）

近くでじっくりと眺めたい。

できれば耳に触りたい。

ついでに尻尾があるのかどうかも確かめたい。もふもふならば最高だ。

そういえば掌《てのひら》にぷにぷにの肉球はあったりするのだろうか。

頬摺《ほおず》りしたい。匂いも嗅ぎたい——魔族の娘に駆け寄ってあれやこれやしたくなる衝動をクレトは意志の力で抑え込まねばならなかった。

（……こんなに犬っぽい魔族がいるなんて……）

政務官に『犬好き』と答えたのは嘘偽りのない本当のことである。

むしろ『どちらかといえば』という表現こそが嘘だ。

クレトは断然、犬派だった。

昔暮らしていた寺院では二頭、牧羊犬を飼っていたため、クレトは犬という生き物に馴《な》染《じ》みが深い。犬は猫と並んで最も旧《ふる》い人類の友と言われるが——たまたま寺院には同じ歳《とし》頃の子供がいなかったため、クレトの遊び相手はもっぱら、その二頭の犬だった。

よく二頭に挟まれるようにして、一緒に眠ったものだ。

そして——この魔族の娘の耳は、犬のそれによく似ていた。

（……ああ……もう永いこと、もふもふしてないし、吸ってないなあ……）

犬のもふもふした柔らかな毛に顔を付けて匂いを嗅ぐ——いわゆる『犬吸い』は、犬を飼ったことのない者にとっては変態的にしか見えない行為だが、大事に飼われている犬は、獣臭くなどまったくなくて、干し草のような素朴な匂いがして実に癒やされ……

「——だからここまで深く人類領域に侵入できた」

政務官の一言がクレトを我に返らせた。

人類領域に——侵入。

「それはどういう——」

クレトはこの魔族の娘を捕虜か何かとも思ったのだが——ひょっとして、このミユリとかいう名前の魔族は、自分から人類領域にやってきたということか？

「——で。クレト・チェンバース君」

いつの間にか椅子から立ち上がっていた政務官は、卓を回り込んでクレトの傍《そば》にやってくると、親しげな——馴れ馴れしいとも言える仕草で彼の肩に手を置いて問うてきた。

「君はこの魔族と仲良くできそうかね？」

「――は？　え？　な、何を――」

いきなり言っているのか、この政務官は。

（それって尻尾にもふもふしていいってこと？　――じゃなくて）

仲良くさせてもらえるなら、そうすることにやぶさかではない。

だが、問題はクレトよりも相手の方にあるだろう。

相手は百年以上も人類と戦争を続けている魔族の一人、いわば生まれた時から人類の敵なのだ。当然――人類の一人であるクレトに対しても良い感情を持っている筈がない。

実際――

「…………」

ミユリという名の魔族の娘は、その碧い眼でクレトを睨《にら》んでいる。

まるで親の仇《かたき》を見るかのような――鋭い、刃物じみた視線を深々と突き刺してくるような目つきだった。

白い頬が紅潮しているのも怒りで興奮しているせいか。表情は強《こわ》ばっているし、その硬く引き結んだ薄紅色の唇の間から、今にも低い恫喝《どうかつ》の唸《うな》り声が漏れてきそうだった。

「君は犬好きだと言っただろう？」

「確かに、犬は好きですけど――」

むしろ我を忘れそうになるほどに好きだが。

「なに、ちょっと大きくて二足歩行する犬だと思えばいい」

「なるほど、そうですね――っていや、ちょっと待ってくださいよ⁉」

政務官の強引な物言いに、思わず『お偉いさん』向けの物言いを忘れて突っ込みを入れてしまうクレト。頭の片隅でまずい、とは思ったのだが、ここに至るまでに積もりに積もった焦燥感や恐怖感がこれを機に噴き出してしまって――止められなかった。

「一体何なんですか⁉　僕に何をしろって言うんですか⁉　そもそもなんで魔族がこんな所にいるんですか⁉　ああもうわからないことだらけで何から聞けば良いんですか、僕は⁉」

そこまで一気に喚いて、クレトは溜息《ためいき》をついた。

とりあえず殊勝な態度で相手の、上司や政務官の出方を見る、後は状況に合わせて臨機応変――などという対応はもう無理だ。というかここまで来れば、クレトにも呼び出された理由が解雇や罪状の告知ではないと察しがつく。

「――コ……コノ少年、本当ニ適任デスか？」

と――碧い眼で相変わらずクレトを睨みながら、どこか掠《かす》れた声で問うたのは魔族の娘だ。

驚いたことに、発音こそあちこちおかしいが、彼女が口にしたのは人類公用語である。魔族は魔族独自の言語を使うというが……この娘は少なくとも問題なく意思疎通ができるくらいには、人類の言語を身につけているようだった。

「私はそう考えています」

と上司が答える。

一方、政務官は魔族娘の問いを無視して、クレトを見ながら――

「君には彼女と共に、魔族領域に向かってもらう」

静かな口調でそう告げてきた。

すでに全て決定事項だと言わんばかりの物言いである。

「ま……魔族領域？」

魔族の娘と共に魔族の支配領域に行く。

それは戦争中の相手の勢力圏内に、敵の一人に連れられて、侵入するということで。

騎士でもなければ兵士でもない、何らめぼしい戦闘技能を持ち合わせていないクレトにとって、それは死刑宣告でしかなくて。

つまり上司がクレトに身辺整理を命じたのは、解雇のためでも左遷のためでもなく、クレトはもう死んだも同然と判断したからで――

(冗談じゃない!!)

安定した職を――収入を失うくらいなら、土下座でも何でもするが、そのために命を失っては本末転倒も甚だしい。

(この場で辞職しよう。そうしよう。それがいい)

とクレトは考えたのだが。

「そして〈魔王〉を蘇《よみがえ》らせてくれ。世界の平和のために」

「…………………は？」

何の脈絡も前振りもないまま、唐突に放たれたその政務官の言葉に――今度こそクレトの思考は理解を放棄して凍り付いた。

●

人類と魔族の戦争は百年近く、延々と続いていた。

戦力は拮抗《きっこう》し、それを支える社会の体力それ自体がまた、拮抗していたからだ。

多少の『波』はあるものの、二つの勢力は永い歳月を争い続けてきた。西の人類と東の魔族――勢力圏の隣接した両者は、決定的な大勝利も大敗北も知ることのないまま、一進一退を繰り返していたのである。

百年は多くの者にとって人生よりも永い――永遠にも等しい時間だ。

戦争の始まりを知る者はもう誰もおらず、原因を知る者もおらず、ましてや始めた当事者達ももういない。

人々が生まれた時、すでに戦争はそこにあった。平和とは局地的な、あるいは机上にのみ存在する概念でしかなく、戦争状態こそが人々にとっての日常だった。

だがそれでも終わらぬ争いは、全てを疲弊させる。

両者の社会はゆっくりと、しかし確実に蝕《むしば》まれていた。

政治は腐敗し、経済は不況の坂を滑り落ち、文化は痩せ細る。

ゆっくりと緩やかに。しかし確実に。

だから――

●

「……終戦？」

口にしてみたものの、その一語には何の重みも感じられなかった。

戦争が終わる？　生まれた時、すでにあったものがなくなる？　終わる筈のないものが終わる？

それは……およそ現実味のない絵空事のようにクレトには思えた。

概念としてはわかる。始まりがあれば終わりもあるのが道理だ。だがそもそもクレトにとって戦場は遥かに遠く、戦争そのものが、漠然としていて具体的な経験や記憶と結びつかない。

「別に終わってないと……思うんですけど」

実際……戦争が終わったなどという話は聞いたことがない。

軍を維持するためにと、庶民に掛けられる重税は変わらず、慢性的な物資不足の状況も変わっていない。

　退役した傷痍軍人《しょういぐんじん》も、住む土地を追われて逃げ延びてきた難民も、やはりよく見掛ける。戦線から遠く離れたこの街ですら。

「講和、成サレていません」

　色々と前後の脈絡が見えずに混乱するクレトに説明してくれたのは、政務官でも上司でもなく、人類の敵たる魔族の一員だった。

「訂正——講和、成サレましタ、陛下ト、人類の代表ト……しかシ後で反故《ほご》、サレましタ」

とミユリはクレトをその碧い眼で睨みながら言った。

　それはつまり講和が人類の代表と〈魔王〉との間でなされはしたが、後からそれが反故にされてしまったということか。

　恐らく戦争が終わったという話が広まる前に、講和がなかったことになってしまったため、前線で戦っている人類も魔族も、何も知らないまま戦闘を継続中なのだろう。

「人類の代表？」

　その一言にクレトは引っかかった。

　人類領域には大小二十ばかりの国がある。

　クレトが所属するこの国——エスバドス王国もその一つで、対魔族戦争のために、国々はとりあえず王国連合という体裁をとっていた。

　だがそれはつまり、人類が一つの国家に統一されているわけではなく、為政者の頂点である王も複数存在するということだ。

当然、どこかの国の王が『人類代表』を名乗ると揉《も》める。

魔族という共通の敵がいたとしても、それぞれの国が互いに主導権を譲り合うような仲良しこよしの関係ではないのだ。迂闊に『人類代表』を決めようとすれば一悶着《ひともんちゃく》ありそうなもので――しかしクレトはそんな話など聞いたこともなかった。

「……〈勇者〉だよ」

と――口を挟んできたのは政務官である。

「え？　〈勇者〉って……あれですか、預言の？」

十年前――宗派は違えど多数の聖職者達が各地で、ほぼ同時に、同じ内容の『啓示』を受けたという。クレトが暮らしていた寺院でも院長がその『啓示』を受けたので、内容についても知っている。

即《すなわ》ち――『〈勇者〉が現れ出《い》でて人類と魔族の戦争を終結させる』と。

もっとも、この預言については民衆にまで広く知られていたものの、今現在、大半の人々はこれを信じてなどいない。

一人の英雄で終わるような戦争なら、もっと早くに終わっていた筈だ。

事実、〈勇者〉を名乗る者は、その預言の後に自称他称を問わず何十人と出てきたが……誰一人として戦争を終わらせることもなく、その殆《ほとん》どが戦場で死んだ。

「〈勇者〉って実在したんですか⁉」

「……まあ、そう言われるのも当然だ」

と政務官は苦笑を浮かべて言った。

「我々は〈勇者〉の存在を秘匿したからね。魔族にその存在を——実在を知られたくはなかったのだ。切り札というものは、相手が油断した時にこそ使うべきだ」

「じゃあ今まで名乗り出ては死んだ『勇者』達は、本物を隠すための？」

「いや。それはない。功名心や虚栄心に駆られた者達が、勝手に『勇者』を名乗って勝手に死んだだけだよ」

と政務官は肩を竦《すく》めて言った。身も蓋もない話である。

「とはいえ結果として本物を隠す上で役立ったのも事実だ。我々は万全を期し、本物の〈勇者〉に百人の兵を伴わせて魔族領域に送り出した。〈魔王〉の——暗殺のために」

「暗殺……」

いきなり不穏な言葉が出てきた。

普通それは、権力争いだの何だのをする王侯貴族同士が、社交的な笑顔の裏でこっそり採る手段であって、戦争に使うようなものではない——とクレトは思ったのだが。

「魔族は中央集権体制で一強独裁の社会だからね」

と苦笑交じりに政務官は言った。

「一丸となって戦争に邁進《まいしん》するという意味では強いが、そこが弱点にもなり得ると賢者達から指摘があった。〈魔王〉の暗殺に成功すれば、戦況は一気に人類側有利に傾くと」

人類側も基本は中央集権体制の独裁社会であることに変わりはないが……複数の王国が並列的に存在するし、国王や大貴族といえども議会や軍の意向を全無視して国を運営することはできない。

要するに『こいつを討てば人類総崩れ』という唯一無二の求心力《カリスマ》を備えた指導者は、人類側には存在しない。〈魔王〉暗殺とは、つまり、人類側からは打てるが、魔族側からは打てない、そういう一手であるということだ。少なくとも人類側の為政者達はそう考えていたのだろう。

「そして実際、〈勇者〉は〈魔王〉の所にまで辿り着いた。〈勇者〉以外は――随伴した百名の兵は一人残らず全滅したが、〈勇者〉を〈魔王〉の元に送り届ける使命を彼らは果たしたのだ」

さらりと流すように政務官は喋《しゃべ》っているが、それはつまり、〈勇者〉による〈魔王〉暗殺のために、百人の兵士が一般の民衆にも知られぬまま、使い捨てられたということに他ならない。

（末端は文字通りに使い捨て……か。まあどこも一緒なんだろうけど）

忸怩《じくじ》たる想《おも》いでクレトはそんなことを考えていたのだが。

「ところが〈勇者〉は〈魔王〉に丸め込まれた」

「……は？」

「〈勇者〉は〈魔王〉を殺さず、その心臓を持ち帰っただけだった」

「え？　あの、意味がわからないんですけど」

それは〈魔王〉の暗殺に成功した証《あかし》なのではないのか。

「陛下ノ心臓、二つありマす」

と答えたのはミユリである。

「王族ハ死なナい、もし、心臓、片方なくしてモ、二つ、あるカラ」

「そんな無茶苦茶な」

とクレトは思わずそう言ったが——ミユリが彼に向ける視線の『圧力』のようなものが一際上がったような気がして、慌てて首を振った。クレトが〈魔王〉を馬鹿にしたように聞こえたのかもしれない。

「いやまあ……失礼しました、無茶苦茶ではないですね、ええ、牛なんか胃袋四つあるって言いますしね？　心臓の二つや三つあっても——」

「…………」

クレトとしては上手《うま》く誤魔化したつもりだったのだが、陛下を牛なんぞと一緒にするな、と言わんばかりにミユリが益々《ますます》強く睨んでくる。視線に実体があればとっくにクレトの顔面を貫通していただろう。

「片方の心臓を失っても〈魔王〉の血統は死なないそうだ」

魔族とは人類に比べて何かが『過剰』な場合が多い。

多くの場合にそれは耳や尻尾や鱗や角——といった単純な見た目で判断されるわけだ

が、それが内臓に顕《あらわ》れている場合もある、ということだろう。

「しかしさすがに心臓は心臓、片方だけになれば力は半減するのだとか」

『予備』があったとしても、大事な臓器に変わりはないということか。

「だからこそ〈魔王〉は自ら心臓の片方をえぐり出して〈勇者〉に与えたそうだよ。講和を実現したいという自分の意志を証明するために。そして〈勇者〉は人類領域に戻り、〈魔王〉からの提案を我々に伝えたのだ。『そろそろやめにしないか？』と――ね」

それは――戦争をということか。

「〈魔王〉が何を思ってそんなことを言い出したのかはわからない。魔族領域の未来を見据えてのことか、単に命惜しさからその場で咄嗟に思いついただけなのか。だが、それは我々にとっても有り難い申し出だった」

この百年で政治も経済も文化も、人類社会を成す全てが、ゆっくりとだが衰退していた。そして今も衰退し続けている。

更に百年この状態が続けば、後にはもう何も残らないのではないか……誰もが心の片隅でそう感じながら、しかし眼の前の日々を暮らすのに精一杯だったのである。

「前線で戦っている連中は、魔族憎しで猛反対しただろうが、正直、戦争を止められるものなら止めた方がいい。この百年、我々の社会は疲弊する一方だったからね」

「じゃあどうして……」

と口にしてからクレトは気付いた。

政務官は言ったのだ――『〈魔王〉を蘇らせてくれ』と。

「陛下、殺害されマした」

とミユリが言った。

「ノガ将軍、講和、反対しマした。ノガ将軍、陛下ガ弱った時、狙ッテ」

「反講和派、いや、好戦派とでも言うべきか、そうした者達が〈勇者〉と講和を結んだ当代の〈魔王〉を暗殺し、講和の事実そのものを隠したのだそうだ。しかも彼女を〈魔王〉暗殺の下手人に仕立てて」

「…………」

わずかに俯《うつむ》いてミユリが唇を噛《か》む。それまでぴんと立っていた耳も心なしか、力なく傾いているように見えた。

「――あ。だから『人類領域に侵入できた』ですか？」

〈魔王〉殺しの冤罪を着せられたこの魔族の娘は、人間によく似た容姿を活《い》かして、人類領域に逃げ延びてきたのだ。

「ハイ、私……逃げルこと、シカ、できませンでしタ」

とミユリは言った。

その顔に――ぽつぽつと汗の珠《たま》が浮かび始めている。

表情は強ばったたまま、視線もすでにクレトの方を向いていないのに、やたら鋭い眼をしたまま、誰もいない虚空を睨み据えているのだ。

睨みながら――その瞳は潤んでいる。

これは、怒っているのではなく――

（ああ……この娘……緊張してるのか。そりゃそうだ）

先程からクレトをもの凄《すご》い眼で睨んでいたのも、クレトが憎いとかクレトが嫌いとかいうより、単に気が張っているからなのだろう。

考えてみれば当然だ。人類の支配領域奥深くに、正体を隠して一人潜り込んできた魔族の娘。文字通りの孤立無援。もしクレトが彼女の立場なら、汗をかいたり頰を紅潮させたりする程度では済まないだろう。

（しかも、わざわざ〈魔王〉殺しの罪を着せられたってのが本当なら、この娘、側近とか重臣とか、そういう立場にいたってことだよな……）

どうせなら〈魔王〉の信任厚かった者に罪を被せて始末してしまえば、復讐《ふくしゅう》だの反逆だのも封じられて良い……ということだろう。『信任厚かったが故に〈魔王〉も油断した』とか何とか吹聴すれば、罪を被せる際の説得力も出るというものだ。

つまり、この娘は魔王に対して、個人的にかなり近しかったわけで。

（まあそりゃあ……黙って引っ込んでるわけにもいかない……か）

「私……命ハ惜しクありマセん」

胸の奥から絞り出すような声でミユリは言った。

「私ハ、陛下の心臓を取り戻しタい、デス。陛下に心臓をお返しシて、蘇っテいたダくのデす」

「〈魔王〉は、心臓を取り戻せば、復活できるそうだ。彼女によると」

と政務官が言い添えてくる。

「当代〈魔王〉が蘇れば、講和もまた復活する。戦争を終わらせることができるんだよ」

と政務官が言った。

「人類と魔族で歩調を合わせて戦争を止められる。勿論、しばらくは小さな揉め事は起きるだろうがね」

「でもなんでそんな大事に僕が——」

確かにクレトは上司が言った通り、僧侶の資格を持ち、幾つかの法術を使える。

今現在、年齢を誤魔化してまで試験を受けて、官吏をしているのは……僧侶の資格だけでは喰っていくことができなかったからだ。僧侶や神官といった聖職者は建前上、法術を——神から賜った奇跡の術を、直接的な金儲《かねもう》けには使ってはならないと、教義に定められているからである。

逆に言えば、クレトはちょっと法術が使えるだけの、新人官吏、木っ端役人である。人類と魔族の、世界全体の未来に関わる大層な話に出番があるとも思えない。

器じゃないのだ。本当に。

そもそも〈魔王〉の心臓を取り返しに来たというのなら、その心臓を返してさっさとミユリにはお帰りいただけば良いだけの話である。わざわざそれにクレトを同行させる必要は微塵もない——筈なのだが。

「私、信用されテいマせん、人類から」

とミユリはやはり緊張で汗の浮く顔をわずかに俯かせて言った。

「〈魔王〉の暗殺も、彼女が魔族全体から追われているという話も、彼女の口から語られただけで、確認がとれていないいんだよ。もしそれらが事実だったとしても、皆を納得させられるだけの証拠がない」

と政務官は肩を竦めた。

「……好戦派が先手を打って送り込んだ偽者の可能性ってことですか？」

好戦派にしてみれば、〈魔王〉の復活は是が非でも阻止したいところだろう。

ならばミユリに先んじてその偽者を人類領域に潜入させ、権力者に接触させて、〈魔王〉の心臓を手に入れてしまえば良いのだ。後はそれを煮るなり焼くなり切り刻むなり、好きにすれば良い。

「つまり……僕に、彼女のお目付役になれと？」

「そういうことだね。勿論、兵士でもない君に戦闘能力を期待するほど、我々も楽観的ではない。護衛の者は別に付けるが、まず最初に魔族に対して敵意や憎悪をあまり抱いていない者がどうしても必要になってくる」

つまり政務官は、人間の側の好戦派とも言うべき者達をも警戒しているのだ。

経験と実績を兼ね備えた兵士は、大なり小なり魔族と戦っている。

だからこそ魔族に対して敵意や憎悪を抱いているのが当然なのだ。

でもって、講和などとんでもない、魔族を皆殺しにできる機会を手放してなるものか、〈魔王〉が死んだのならこの戦争は勝てる——とばかりに、ミユリの邪魔なんぞを始めると、もう目も当てられない。

魔族に殊更、敵意や憎悪を抱くことがなく、できれば何らかの生存技能に——法術による『回復』とか——長《た》けた者で。

更には……

（この大博打《ばくち》に使って、失敗して失っても惜しくない、影響のない、天涯孤独の若造……？）

まだ官吏になって半年余りのクレトならば、いなくなっても影響は少ないし、身近に係累がいないから、姿を消しても——そして万が一に還《かえ》らずとも、騒ぎ立てる者はいない。

「ええと……お断りしても……？」

「勿論、この話は最優先の機密でね……関係者でない者の耳に入った場合、口外を防ぐために何らかの処置を講じねばならない」

と政務官はクレトの言葉に覆《おお》い被せるようにして言った。

「君が辞職するというのなら止めはしないがね、『事故』に遭わぬように、日々気をつけるべきだと忠告しておこう。同じ犬好きとして」

世界平和のためにと言った同じ口から吐き出される脅し文句。

どう応じたものかと、しばらくクレトは悩んでいたが――

「一方で、もしこの仕事が成功すれば、君は〈勇者〉と並んで人類領域と魔族領域の双方を滅亡から救った英雄ということになるね。働かずとも有り余る恩賞と俸禄《ほうろく》が与えられ、生涯安泰……好機《チャンス》だと思わないかね？　ああ、貴族としての叙勲もあるかもしれないね」

「…………」

嗚呼《ああ》。なんという見事な飴《あめ》と鞭《むち》。

生か、しからずんば死か。全てか、しからずんば無か。

あまりに偏った二者択一である。

人生の岐路とも言えるが――片方の道はそもそも分岐してすぐに先が途絶える断崖絶壁だ。解雇されるかも、などと呑気《のんき》に気を揉んでいた自分が、途方もない間抜けにクレトは思えてきた。

そして――

「何にせよ『今日』ではなく『明日』を見据えた決断を君が下すことを、我々は望んでいるよ」

政務官は静かな笑みを浮かべながらそう言った。

家に戻ってきたクレトは——まず最初に頭を抱えて呻《うめ》いた。

「…………ああああああああ⁉」

まずい。どうしようもない。逃げ道はどこにも見つからない。

政務官達は、そもそもクレトに選択肢など与えるつもりがないのだ。

その癖——世間には秘匿しての極秘任務とはいえ、建前としてはクレトが自ら志願した、という形を整えておきたいのだろう。逃げ道を塞いでおいて、たった一本残った地獄への道を、『お前が選んだから自己責任』——もないものだ。

まあ官吏の世界では別に珍しい話でもないのだが。

どうしても自殺同然の旅に出るのが嫌だというのなら……何か身に覚えのない罪を被せられた上で、人類社会全体から追われるのを覚悟で逃げるしかないだろう。

(……あの魔族の娘みたいに)

今なら彼女——ミユリともわかり合えるような気がする。

もっとも『気がする』だけで、恐らくそれはクレトの一方的な思い込みに過ぎないだろうが。ミユリにしてみれば人類の、それも木っ端役人の事情なんぞ知ったことではないだろう。

ともあれ——

「いつまで呻いているつもりだ、小役人？」

と声を掛けてくるのは——クレトの家の玄関の壁に、背中を預けるようにして立っている騎士だった。応接室にいた四人の内の一人である。

クレトの家は、官舎として王都郊外に建てられた長屋――その片隅に位置する。

この長屋自体が王都の役所に勤める官吏の家としてまとめて造られた代物で、いずれ住人が結婚して家族で住むことも見越して、それぞれの『家』は、玄関から納戸に至るまで、どこもやや広めに造られている。独り住まいでは少々持てあますほどで、実際クレトは四つある部屋の内、居間と寝室しか使っていなかった。

「いつまでって……戦争が終わるまでですよ」

やけくその口調でクレトはそう言った。

「そしたら自殺同然の旅になんて出なくて済む」

「ならばあの応接室の片隅で、膝でも抱えていれば良かったろうに」

「そうできたなら、そうしたかったんですけどね！」

同じ仕立ての簡易鎧を身につけていたことから、クレトは四人をいちいち見分けてはいなかったが――そもそもそんな余裕もなかった――今改めて見てみれば、眼の前の騎士は、割と特徴的な容姿の人物だった。

年齢は三十代半ばといったところか。実に四角くて厳《いか》つい顔付きをしている。癖があってあちこち跳ねている黒の髪に、同じく黒の顎鬚《あごひげ》付き。目つきもやけに鋭く、気の弱い女子供なら出会した途端に泣き出すか全力で回れ右して逃げ出しそうな面相だった。

しかも見るからに『叩《たた》き上《あ》げ』といった感じで……その顔には、二ヵ所、魔族との戦いでついたと思しき生々しい傷が刻まれている。右頬から左の頬へ、鼻をまたいで横に伸びる傷と、額から左頬に、瞼《まぶた》をまたいで縦に伸びる傷と。

多少の傷は、負ってすぐなら法術の『治癒』で痕も残らず消すことができる。たとえ手足を一本失ったとしても上位の法術──『復元』で元に戻すことが可能だ。

だが、戦場ではいつも法術が使える僧侶や神官が傍にいるとは限らない──というか負傷者の数に対して圧倒的にその手の回復法術の遣い手が少ない、とクレトは聞いたことがある。

そして一般的に多用される『治癒』の法術では、骨に届くような深い傷は消せないし、『復元』の法術はあくまで『元』に『復す』《もど》ものでで……対象が法術以外の手当てを受けて一旦、その状態で安定してしまえば、それ以前には戻せなくなる。

故に──前線帰りの騎士や兵士には、あちこち傷だらけだったり、身体のどこかが欠けていたりする者も少なくない。この騎士も恐らく最前線で魔族と戦った経験のある兵《つわもの》なのだろう。

「……っていうか、どうして貴方《あなた》達、僕の家までついてくるんですか」

「貴様が行く所に俺も行く。貴様を見張るのも俺の役目でな」

「……機密事項を知ったからには……ですか」

溜息交じりでそう言うクレト。

(逃げるならこの騎士をどこかで、まかないといけないんだけども)

迂闊に家財道具をまとめる素振りでも見せれば、何をされるか。

それとも旅に出るためと言えば騙されてくれるだろうか。

まあ元々クレトには大して持ち物などなかったが。

王都に来た時もほぼ身体一つだった。

（……どうするべきか……）

そんなことを考えながら、騎士と反対側の壁際に視線を転じてみれば――そこには魔族の娘ミユリの姿もある。

俯き加減でその表情は――特に目許《めもと》は頭巾の作る影に隠れてよく見えない。ただし相変わらず緊張しているのか、彼女の赤らんだ頰を伝って汗が一滴、滑り落ちるのが見えた。

「……な……何でスか？」

恐らくクレトの視線に気付いたのだろう――ミユリが顔を上げて尋ねてくる。

外套の前の袖口から、彼女が両手を揃《そろ》えてぎゅっと拳の形に握りしめているのが見える。上目遣いに睨むような視線もやはり変わらず、いかにも一杯一杯で余裕がない、といった雰囲気だった。

「あ。いや、別に……」

クレトは曖昧に首を振ってそう言った。

さて――これからどうするのが良《い》いのか。

まずは自分の家であることを理由にこの二人を追い出すか。

だがミユリはともかく騎士はクレトが何と言おうと居座る可能性がある。クレトとミユリの監視役という以上は、ミユリだけを追い出すのもこの騎士は認めないだろう。

「あ……あノ……」

「あ、はい、なんでしょう？」

「外套を脱いデ……良イでしょウか？」

「それは勿論、どうぞ――」

と言ってからクレトは気がついた。

彼女の素性を知らない者の眼がある所では、彼女は頭巾どころか外套すら脱ぐことができないのだ。耳は髪型を弄《いじ》るなり髪留めを使うなりすれば誤魔化しようもあるかもしれないが、尻尾もとなると丈の長い外套を羽織るくらいしか隠す方法はあるまい。

「――あ」

再び、ぴん、と頭巾の下から跳ね起きる獣の耳。

彼女が続く動作で外套を脱ぐと――その肢体が露《あら》わになった。

（…………！）

思わずクレトは息を呑んだ。

身体の線がそのまま浮き出るかの様な薄布の肌着。その上から胸や腰を守る黒い下着――なのか？――を着けている。

その上から更に着るのは、胸元を大きく開いた――どころかヘソの辺りまで大きく切り込みの入った仕立ての服で、太股《ふともも》も大胆に露出しており、全体的にひどく扇情的である。しかもぞろりとした外套を今まで羽織っていたのでまるでわからなかったが……その下から現れた身体は、実に肉感的であった。

手足は長く、身体は全体的に細身でよく引き締まっているのだが……胸と尻だけは別物とでも言うかのように大きく丸い。まさしく野生の獣のような、それも大型の肉食獣のような、つくべき所につくべき量の肉がついている――そんな肢体である。

「………」

しかし……クレトの眼が釘付《くぎづ》けになっている先は、実は胸でもなければ尻でもなかった。

「もふもふ……」

「――？」

ミユリが首を傾《かし》げる。

外套を脱いだ解放感からか、彼女の大きく長い尻尾が、ぱたりぱたりと軽やかに左右に振られている。まるでそれがクレトの眼には誘っているかのようにも見えて――

「あ、いや、あの、ミユリ・カツェシュロさん――」

クレトは一歩前に出ながら喘ぐ様に言った。

「それ……触らせてもらっていいでしょうか？」

「――!?」

びくりと身体を震わせて一歩後じさるミユリ。

「な、何ヲ……？」

「何を言ってるのだ、貴様は？」

と騎士が呆《あき》れたように言ってくるが、とりあえずは無視。

クレトの関心は眼の前に唐突に現れた、触り心地の良さそうな、もふもふの尻尾に全て注がれていた。

「ク……クレト・チェンバース……殿……？」

「ちょっとだけ……ちょっとだけでいいんです。先っぽ、先っぽだけだから……！」

「──⁉」

「良い子だから……良い子だからじっとしてて？」

じりじりと、まるで獲物を捕まえようとするかのように両手を掲げて迫るクレトに、ミユリは明確な怯《おび》えの色さえ表情に浮かべて後ずさろうとするものの──元々壁際にいた彼女は殆ど身動きもできない。

「ち……近寄ラ……な……ッ！」

見るからにドン引きというか……ミユリがクレトを見つめるその眼は、『敵』に対するものというより、『変態』に向けるものになっていた。憎しみとか怒りよりも明らかに怯えの色が濃い。白い顔には常にも増して汗の珠が浮かんでいる。

だが──やっぱりクレトの注意は全てミユリの尻尾に向いていて、そんな視線なんかお構いなしで。

（ああ……あの子もこんな尻尾だった……）

懐かしい。

クレトはかつて寺院で飼われていた犬のことを思い出していた。

二頭いた内の一頭で、身体は大きいのだが性格は優しい――というより気が弱かった。何かで追い詰められたり、粗相をして誰かに叱られたりすると、よくクレトの寝床に逃げ込んできたものだ。

これは単に寺院ではクレトが犬達の世話をすることが多かったことに加え、彼が一番犬に甘かったからだろうが――頼られているような気がして、それが嬉《うれ》しくて、クレトはその犬をよく可愛《かわい》がっていた。

頭は勿論だが、背中や、もふもふの尻尾をよく撫《な》でてやったものだ。

ちなみにもう一頭は愛想こそなかったが、やはりもふもふの尻尾の持ち主で、クレトの言うことをよく聞いて、よく働――

……んぐうううううう。

――不意に、追憶に異を唱えるかのように、唸り声を想わせる低い音が下から聞こえてきた。

（……あ。僕の腹の虫か）

そういえば昨日の夕食も今朝の朝食も食べていない。

職を失うのではないかと気が張っていて、何も口に入れる気にならなかったからだが……主の気持ちとは別にクレトの胃腸は空腹を訴えているようだった。

「………ッ」

「――ん？」

だがミユリが益々俯いているのは何故なのか。

クレトが眉を顰《ひそ》めていると――

……んぐううううう。

改めてとてもわかりやすい感じの、腹の虫の音が聞こえてきた。

ただし今度はクレトの身体からではなくて――

「………」

ミユリは俯き、身体の前で――というか腹の前で両手を交叉《こうさ》させている。そこから出てくる無粋な音を内に押しとどめようとするかのように。

（……ああ、まともに食べてない、のか）

食文化が違うという可能性もあるだろうし、毒殺の類を警戒して、ということもあるのだろう。あるいは人類から施しを受けるのを嫌ったか。

何にしてもこの魔族の娘もまた腹をすかせているのだ。

「……とりあえず何か食べましょう」

とクレトは——一度大きく深呼吸をすると、そう提案した。

「……ッ、だ、大丈夫、私ハ」

「僕が、お腹《なか》すいちゃったんですよ」

溜息をついて自分の腹をさすって見せながらクレトは言った。

「昨日の晩から何も食べてなくて——ね」

●

とりあえず台所には羊の干し肉と卵があった。

そう凝ったものを作る時間もなければ気力もなかったので、卵は茹《ゆ》でて、干し肉は湯で少し戻してから串を打って焼いた。どちらも塩さえあればそれなりに食べられる味になる。本当ならば肉には臭み消しに酒か香辛料が欲しいところだが、生憎《あいにく》と切れていた。王都の市場でも特に香辛料は品切れになることが多い。

「——どうぞ」

程良く焼けた肉串を一本——まずは騎士に渡した。

「…………おい、小役人？」

反射的に受け取りはしたものの——騎士の四角い顔には明らかに戸惑うような表情が浮かんでいる。

彼はクレトの家の居間の床に直《じか》に座っていた。独り暮らしのクレトの家には、『皆で囲む食卓』などというものはない。

「騎士様は床に座って食事するなんて下品な真似《まね》できませんか？」

クレトは苦笑してそう問うてやる——が。

「飯は食べられる時に食べておくもんだ。立ってだろうが座ってだろうが寝転んでだろうが、構うものか。作法なんぞ余裕のある時に気にすれば良い。戦場帰りを舐《な》めるな」

そう言って——騎士は肉にかぶりついた。

「今は仕事中ですしね」

「——ああ」

だから床に直座りして肉串をかじっても、騎士の誇りはこれっぽちも傷つかないのだ——と言わんばかりに結構な勢いで彼は肉を噛みちぎり、咀嚼《そしゃく》していく。丁度昼過ぎということもあって案外この騎士も腹が減っていたのかもしれない。

「小役人の薄給からのおごりです。味わって食べてください」

そう言ってから——クレトは部屋の端のミユリへと向き直る。

「どうぞ」

彼女に歩み寄って肉串を差し出す。

先程、尻尾を触らせてくれと言われたのが、余程に嫌だったのか……壁際に立ったままだったミユリが、びくりと身を震わせる。

「………」

クレトが肉串を差し出したまま待っていると——やがておずおずとした様子で、彼女は手を伸ばして串を受け取った。

「別に毒なんて入ってませんよ。心配なら僕のと交換しますか？　茹で卵もありますが——」

「必要なイ、デす」

言ってミユリは首を振った。

その様子を見ながら——

「……何を考えている、小役人？」

とすでに一本を平らげて口の端に串を咥《くわ》えた騎士がそう問うてくる。

「ああ。なんていうか、落ち着きたかったもんで」

とクレトは答えた。

「串焼きを食えば落ち着くのか？」

「怒ったり焦ったりすると、お腹すくんですよね。それでまた余計に怒ったり焦ったりしちゃって。空腹だと怒りっぽくなるっていうか。そうなると空腹だから怒るのか、怒るから空腹になるのかわからなくなっちゃって。とりあえず何か食べておけば落ち着くんですけど、それって僕だけですかね？」

上は王侯貴族から下は末端の役人や商人まで『会食』は他者との親睦を深める手段として多用される。交際術の基本中の基本と言っても過言ではない。

腹膨れれば皆心穏やか――とまではいかずとも、共に向かい合って何かを食べるという経験は、多少なりとも彼我の距離を縮める。

食は生きることの基本だ。

共に喰らうとはつまり『共に生きる』ということにも通じる。

「…………」

騎士は何度か不思議そうに瞬きをしてクレトを見つめていたが。

「いや。頭に昇っている血を胃にまで下げるのは悪くなかろうよ」

と――肩を竦めて騎士は言う。

それからミユリの方を一瞥《いちべつ》し――

「魔族も俺達と同じかどうかまでは知らんがな」

「…………」

ミユリはしばらく串の匂いを嗅いでいたが――意を決した様子で肉にかぶりついた。

「…………オ……美味《おい》しイ、でス」

クレトが自分の方を見ていると気付いて、咀嚼していた肉を呑み込み、そう言うミユリ。相変わらず顔は紅潮していて、汗ばんでいるが……クレトに向けてくる視線は若干、和らいだような気がした。

「おごりがいがあります」

そう応じながら——クレトは寺院で飼っていた犬達も、初めて見る食べ物には同じような反応をしていた、と思い出す。

決して寺院での生活も裕福とは言えなかったので、犬と食べ物を分け合うことも多かったのだが……人間用の食べ物は調理されて匂いが変わっているということもあり、犬はよく『何これ?』と怪訝《けげん》そうに匂いを嗅いでいた。一口二口食べて美味しいとわかると、猛烈な勢いで平らげて、クレトの分まで欲しがったりしたが。

「………ところで、ええと——」

自分も一口二口、串焼きを食べてからクレトは騎士の方に向き直った。

「ああ、そういえばまだ名乗ってもいなかったか。失敬」

そう言いつつも、騎士は改めて姿勢を正すでもなく、尚《なお》も串を口の端に咥えながら、軽く右手を胸に当てて言った。

「ダンカン・ド・リンデン。見ればわかるだろうが、エスバドスの王国騎士だ」

●

串焼きと卵を食べ終わると、クレトは沸かしておいた湯で茶を淹《い》れた。

「とりあえず細かいことは貴方に聞けと言われましたけど」

ダンカンに向かい合う位置に腰を下ろしながら、クレトは言った。

「〈勇者〉のことも含め、今回は秘密裏に事を運びたいとお偉方は考えているようでな。前回の〈勇者〉の随伴部隊の件も響いてるんだろうさ。そういうわけで同行者の数を絞ってる」

とダンカンは、顔をしかめて言った。

「大部隊ではどうしても魔族側に発見されやすいんでな。少数精鋭の部隊を送り込むということになった。同時に、人類側の好戦派——とでもいうような連中にも、知られたくないということで、そもそも関わる人間をぎりぎりまで絞ってるそうだ」

だから人類領域内の行動——その行程についてはダンカンが大雑把に説明することになっているらしい。現場の裁量も比較的大きいようだった。

それはつまり『丸投げ』の『行き当たりばったり』とも言えるわけだが。

「……なるほど」

苦笑してクレトは頷いた。

「万が一に失敗しても、少人数なら口塞いで知らんぷりも簡単ですしね」

「そうそう……って、何だと⁉」

そこまでは考えが及んでいなかったのか、ダンカンが顔色を変える。

どうもこのダンカンという騎士、面相とは裏腹に根っからの悪人ではないようだが——

いや悪人でないからこそ、あまり他人の言動の『裏』を読むということには長けていないようだった。

良くも悪くも中身は頑固で無骨な武人……といったところか。

「もし本当に〈魔王〉復活のための旅に出るとなると、まずは何をすれば？　魔族領域に向かうにしても——長い旅なら準備もあるでしょうし」

「魔族領域への旅の準備は、領域境界に程近い街で別の者がやっていると聞いている」

と——溜息を一つついてから、ダンカンは言った。

「俺達はまずはバルデン寺院跡に向かうべきだろうな」

「バルデン寺院跡？　郊外の？　あそこは確か、十年前から廃墟《はいきょ》で……」

長引く戦争とその影響で、終わることのない不況のため……各宗派の寺院や神殿が廃墟化することは珍しくない。

神様に祈っても腹は膨れないと、もう多くの民は知っている。

何しろ僧侶が喰うに困って強盗に転職することすら珍しくないのだ。

クレトの育った寺院も今は無人になったと聞いている。

人材の枯渇、経典の消失、技術承継の失敗——これらのことが巡り巡って法術の遣い手の不足を招いていたりもするわけだが、それはさておき。

「確か去年、取り壊しも決まって……とっくに関係者も離散してますから、行ったところで加護の祈禱《きとう》やら法術の講習やらを受けたりは——」

「勿論、そんなものを期待して向かうわけじゃない」

ダンカンは指先でくるくると串を回して言った。

「そこに〈魔王〉の心臓を取りに行く。それが貴様の最初の仕事に――」

「はあ？　……いや、ちょっと待ってください。魔王の心臓って超重要戦利品《アイテム》ですよね⁉　普通は王宮の宝物庫とか、専用の保管施設とかに収容するもんじゃないんですか⁉　廃墟に隠すとかあり得ない――」

「持ち主が、手放すのを嫌がったそうでな」

「は？　持ち主？」

それは一体誰のことか。

「……〈勇者〉でス」

と答えたのはミユリである。

彼女は――熱い茶が苦手なのか、両手で茶飲碗《カップ》を抱えるようにして持ちながら、息を吹きかけて立ち上る湯気を散らしている。長身の彼女がそうしている仕草は、妙に子供っぽくて可愛らしくも見えたが――今はそんなことはどうでも良くて。

「陛下、心臓、託さレたノ、〈勇者〉でス。〈勇者〉以外の者、心臓持つ権利、なイでス」

どうやら〈勇者〉が単独で〈魔王〉の心臓を護っているらしい。

（〈勇者〉って言っても……戦争の戦力って意味では一人の兵士に過ぎないわけで……）

どれだけ高い戦闘能力を持っているのか知らないが、戦争の趨勢《すうせい》を決するような重要物品を、一兵士が個人的な感情から握ったままというのも、我が儘《わがまま》の一言では済ましがたい問題に思える。

「わかりました。とりあえず最初の仕事はその〈勇者〉様から、なんとかして〈魔王〉の心臓を渡してもらうことなわけですね？」

難儀な話である。

とはいえ説得と交渉、これはまさしく官吏の仕事だ。

騎士であるダンカンにとっては専門外だろう。

そしてとりあえずは人類領域内での仕事であるから、そう危険はない——筈だ。

実際に魔族領域に行くか否かはさておき、その程度ならばやっても良いだろうとクレトは判断した。

「察しが良くて助かるぞ、小役人」

ダンカンは口の端に笑みを浮かべてそう言うと、串を投げ捨て、茶を啜《すす》った。

●

具体的な行動は明日の朝から、ということになった。

で——その結果、監視役を自任するダンカンも、彼に監視される立場のミユリも、結局はクレトの家に泊まることになってしまった。

特に来客用の寝具も何もないので、まずいのでは、とクレトは慌てたのだが――

「地面に寝るより何倍もマシだ。雨風が防げる屋根と壁があるだけで御の字さ」

と言うと、ダンカンは鎧も脱がずにそのまま居間の壁に背中を預けて寝てしまった。

これで監視役が務まるのかとクレトは疑問に思ったが……考えてみれば、家の真ん中に位置する居間は、どの部屋にも瞬時に飛び込める。クレトやミユリが逃げだそうとして物音をたてれば、一番対応しやすい位置とも言えた。

魔族といえど女性を自分の寝床に寝かせるのも気まずかったので、ミユリには結局、窓《カー》布《テン》を外して渡し、空き部屋で寝てもらうことにした。床の上でも身体をくるめば多少は寝やすいだろう。

「……はぁ」

クレトは――寝室に入って溜息をついた。

結局のところ、上司や政務官に言われるままに、『〈魔王〉復活計画』とでも言うべきものに手を貸している状態である。

元々流されやすいというか、何かと余裕もないまま、あまり主体性のある生き方をしてこなかったクレトだが……このままだとまずい、逃げねば命が危うい、というのはさすがにわかる。

いつ逃げるのか。どう逃げるのか。

その辺は予《あらかじ》め明確に決めておかねばまた流されるままだ。

そんなことをクレトが考えていると——

「…………？」

そっと部屋の扉が開く。

何事かと寝台の上から身を起こして見ると——そこに窓から差し込む月光を背にして、女性の輪郭が浮かび上がっているのが見えた。それに加えてゆらゆらと揺れる大きな尻尾と——頭部に備わった尖り耳も。

「えっと、あの？」

「…………」

驚き慌てるクレトだが、ミユリはそのまま足音もたてずに部屋の中に入ってくると、クレトの寝台のすぐ脇に立った。

「……座ってテも？」

「え？　ええ、ああ、はい、どうぞ」

と頷くと、ミユリは寝台に腰を下ろす。

ふわりと——尻を下ろすのから一瞬遅れて、クレトの膝の辺りに尻尾が載ってきた。寝台自体が独り寝用の小さなものなので、彼女の大きな尻尾はどうしても他に置き場所がないのだろう。

「……食事……ありガとうゴざいまシタ、でス」

「あ、いや、お粗末様でした」

と膝の上の尻尾を凝視しながらクレトは辛《かろ》うじてそう答えた。

「……お礼ヲ……」

俯きながら、その白い顔を紅潮させてミユリは言ってくる。

「え？　お、お礼？　え？」

「……話……前向き……聞いテ貰《もら》えル……シタ……貴方……初メて」

ぽつりと唇の端からこぼすようにミユリは言った。

「え？　僕が――」

前向きにミユリの話を聞いた？

そんな覚えは一度もない――と言いかけて、クレトは気がついた。

政務官達がどういう態度をミユリにとっていたのかは知らないが、ダンカンは今まで一言もミユリと直接、言葉を交わしていない。

彼はあくまで上から命じられた『仕事』としてクレト達と一緒にいるだけで、ミユリと『親睦を深める』という発想がそもそもないのである。監獄の刑務官が罪人と親しげに言葉を交わすことなどないように、ダンカンにしてみれば、ミユリは敵である魔族の一人で、緊張感をもって常に監視せねばならない対象でしかない。

一方でクレトはといえば――単に、ぎすぎすと意味もなく緊張感に満ちていた空気から逃れたくて、食事を振る舞っただけだが、確かにそれは『親睦を深めてこれからの仕事を円滑に回そう』という意思の顕れにも見える。

要するに『魔族領域から逃げてきた〈魔王〉の元側近』という肩書きだけを皆が見ていて、ミユリ個人と親睦を深めるための言葉を交わした者が、これまでいなかったということだ。

だから――

「……助けテ……くださサい……」

絞り出すような声でミユリは言った。

「助けテ……くださるなら……何でモ……許す……ます……」

部屋に凝る薄闇の中で、ミユリの琥珀色の双眸がクレトの顔を見つめてくる。そこには決意の――悲壮なほどに純粋な決意の色があった。

〈魔王〉を蘇らせるためなら、何でもする、何でも差し出せる、と。

「なんでもって……」

「何でモ……でス……」

ミユリがわずかに身を震わせ、安物の寝台がぎしりと音をたてた。

「触ル……いイでス……」

言いながらミユリはクレトの上にのしかかる様にして寝台の上に上がってくる。悲壮とも言うべき決意の表情に気圧されたクレトは、寝台の上で思わず後ずさるが――それはそのままミユリが彼の上に馬乗りになる事を許す形になってしまった。

「…………」

ごくりと生唾を呑み込むクレト。

要するに――ミユリは、今まで出会った人類の中で、クレトが一番、真摯に話を聞いてくれそうなので、取引を持ちかけているのだ。クレトが欲望丸出しで『触らせてくれ』と迫ったのも彼女がそんな考えに至る一因になっているのだろう。

この男なら自分の身体を材料に取引できると。

自分を好きにしていい。だから自分に協力してくれ……と。

「いいんです……か？」

「はイ……」

とミユリは頷く。

同時にその獣耳が怯えるように、ぴくりと震えて――

「………ッ！」

もうたまらない。

クレトは溢《あふ》れ出《で》る欲望のままに腕を伸ばして抱き締めていた。

「ああっ………この……」

ミユリの、尻尾を。

「………エ？」

「もふもふ……ああ……もふもふ……」

ふわふわの尻尾を抱き締めながら、頬摺りもしてみる。

「――っ⁉」

　びくりとミユリが身を震わせるのがわかったが、クレトの方はといえば最早《もはや》、それどころではなかった。

　見た目通りにもふもふだった。素人目にはごわごわに見えるかもしれないが――硬そうにも見えるかもしれないが、犬好きたるクレトの眼は誤魔化せない。

「あ、あの、『吸って』もいいですか⁉」

「す…『吸ウ』⁉」

「匂い嗅いでもいいですか⁉」

「え…………えエ……」

　何故かカクカクと壊れた機関細工《カラクリ》みたいに頷くミユリ。

「そうだ……耳！　耳の方も触っていいですか？」

「え…………えエ……」

「ああっ……この外側の繻子《サテン》のような手触りが、ああっ……和毛が、和毛が、ふわふわで柔らかくて、ああ、ごめん、我慢できない、入れちゃっていいですか⁉」

「い……入レッ？　な、何ヲ――」

「先っぽだけ、先っぽだけですから！」

「ちょッ……待っ……」

「暖かい……！　暖かいよ……！　ミユリさんの中……！」

と人差し指をミユリの耳の中に突っ込んで、和毛の柔らかさや血管の暖かさを堪能《たんのう》しまくるクレト。くすぐったいのか、ミユリが何やら身を震わせているが、『何をしてもいい』と言われた以上、クレトは遠慮するつもりは微塵もなかった。

「ああ……ああ……凄い、凄いよ……」

「ヒあっ……アっ……やメっ……こそバ……」

「これなんです……これが欲しくてっ……！　はぁはぁ」

「……そこはっ……」

耳の穴に挿入した指をくにくにと動かすと、どういう感覚が生じるのか——ミユリはその度にびくりびくりと身を震わせる。異物の挿入に反射的に抵抗しているのか、ミユリの耳は伏せ気味になってクレトの指を締め付け——もとい押さえつけてくるが、それすらもクレトにとっては嬉しい感触で。

「本当……ミユリさんの中……ああ……柔らかくて……ふわふわで……」

「い、いやっ……」

「頬擂りとかしてみたり……！」

「ひあっ……⁉」

「敏感なんですね……ならば！　さらに……！　ちょっと甘噛みしてみたりして……！」

「………っ⁉　…………‼」

——などと。

しばらくクレトはミユリの獣耳と尻尾を……胸にも尻にも触れずに、延々と、獣耳と尻尾だけを、弄くり回して。心ゆくまで存分に、堪能して。

徹底的に、堪能——しまくって。

「……………ふう」

何故か、精根尽き果てたかのように、ぐったりと寝台の上に倒れているミユリを見下ろしてクレトは微笑《ほほえ》んだ。

「御馳走様《ごちそうさま》ですっ！」

一方、上目遣いにミユリはクレトを見ながら——

「………変態」

呟《つぶや》くようにそう言った。

# 第二章　小役人の逡巡《しゅんじゅん》

バルデン寺院はエスバドス王国の王都郊外にある。

いや。あった――と言うべきだろう。

すでに宗教施設としてのバルデン寺院は廃されて存在しない。

今現在そこにあるのはかつてバルデン寺院と呼ばれていた廃墟《はいきょ》……それだけだった。

バルデン寺院を運営していた僧侶達《たち》は、信者の減少、寄付の減少等により、立ち行かなくなってしまい、十年ばかり前にバルデン寺院を棄《す》てることとなったのだ。

法術の使える者は僧侶としての肩書きそのままに従軍し、あるいは官吏となり、使えない者は還俗《げんぞく》して一般人と同様の職を求めた。

故にバルデン寺院の建物は、手入れをされることもなく何年も放置されており、取り壊されることが去年ようやく決まったらしい――のだが。

「……なんです、これ？」

とクレトは眉を顰《ひそ》めて言った。

バルデン寺院――跡の前にクレト達は呆然《ぼうぜん》と立ち尽くしていた。

かつてはエルバドス王国の寺院でも屈指の参拝者数を誇ったと言われ、敷地《しきち》は広大で、その建物も——伽藍《がらん》も、それに相応《ふさわ》しい大きさだった。平屋だが天井が高く、中央には内壁に経典そのものが彫り込まれた尖塔《せんとう》が配され……遠くから眺めるだけでも実に存在感がある。

そこに——

「あー……難民だな、これは」

一見しただけでも百人を超える老若男女の姿があった。

彼らは一様に薄汚れた、あるいはあちこち破れたり糸のほつれたりした衣服を着ており、小さな子供に至っては素《す》っ裸《ぱだか》で敷地内を走り回っている姿まで見受けられた。

クレト達が来ても彼らは——特に大人達は気怠《けだる》げに一瞥《いちべつ》をくれるくらいで、他には殆《ほとん》ど反応らしい反応を示さない。

歓迎するという様子は勿論《もちろん》ないが、自分達の『縄張り』に踏み込んできた『余所者《よそもの》』に敵意を剝《む》き出《だ》しにしてくる様子もない。言ってみれば無視が彼らのクレト達に対する基本姿勢であるようだった。

「年寄り連中が羽織ってる織物《おりもの》の意匠は、前に東域で見たことがある」

と顔をしかめてダンカンが言った。

「東域ってそれは」

「魔族領域に近い」

戦力が拮抗《きっこう》し、一進一退を繰り返す永い戦争では、双方の勢力圏を分ける境界線は常に揺れ動いている。去年までは魔族に占領されていた土地が、今は人類側の居住地となっている——などということも珍しくない。その逆も同じだ。

当然、魔族が人類領域に侵攻して支配域を広げた場合、戦争で住む家を焼かれ逃げざるを得なくなる者達が——難民が生じることになる。

前線から遠く比較的安全とされる街に住むには許可が要るが、難民がそれを得られる場合は少ない。

だから彼らは許可のないまま、廃墟を見つけ出してはそこに棲《す》み着くのである。王国側も彼らを追い払うのが面倒ということで、大人しくしている限り、積極的に不法居留の難民を追い出したりはしないが……

「…………」

クレトは溜息《ためいき》をついた。

バルデン寺院のこの状態は、予想してしかるべきだった。

ここに来るまでにも、ちらほらと路上に暮らす者達の姿を眼《め》にした。

家もなく、職もなく、さりとて軍に入って辺境地で魔族と戦えるような年齢でも身体《からだ》でもなく……彼らの多くは唯一の持ち物とも言うべき襤褸《ぼろ》布をその身にまとって、道端に寝起きするしかない。とりあえず雨風をしのげる廃屋があれば、そこに難民が集まるのは当然だ。

「――チェンバース、殿？」

ふとミユリが頭巾の下でわずかに首を傾《かし》げて声を掛けてくる。

どうやってかはわからないが、クレトの様子が少し変わったのに気がついたのだろう。

あるいは魔族の彼女は、その獣のような耳でクレトの脈拍を聴いたり、鋭敏な嗅覚で体臭の微妙な変化を感じ取ることができるのかもしれなかった。

「ああ、いや……何でもないですよ」

曖昧に首を振るクレト。

(僕は……幸運だった)

難民を前にしてクレトはそんなことを想《おも》ったりする。

クレトは孤児だ。

物心ついた頃にはすでに親はおらず、棄てられていたという寺院でそのまま育ち、読み書きを覚え、絵本代わりに経典や各種技法書を読みふけり、周囲から勧められ幾つかの行を修め、低位階だが僧侶としての肩書きを持つに至った。

だが……前述のように不況続きで人心も荒《すさ》みがちなこの御時世、僧侶や神官の肩書きだけでは喰《く》っていくだけでも難しい。クレトが育った寺院も信者が減りに減って、寄進も減って……結局はクレトが独立した直後、このバルデン寺院と同様、関係者が各方面に散ってしまい、今は廃墟だけが残っていると聞く。

もし寺院の前に棄てられているのが数年ずれていたら――と思うとクレトは世の運不運

を意識せざるを得ない。

「〈勇者〉――コノ中に？」

とバルデン寺院の方を見ながら尋ねるミユリ――だが。

「…………」

ダンカンは無言だった。

厳《いか》つい顔の口元を引き結んで何か喋《しゃべ》ろうとする様子もない。

（お……大人げないっ……魔族と交わす言葉はない――って？）

思わず漏れそうになる溜息を呑《の》み込《こ》んでクレトは考える。

昨日一日でわかっていたことだが――ダンカンはミユリと直接言葉を交わすつもりがないのだ。会話をすれば相互の理解が進む。理解が進めば情に絆《ほだ》されることもある。だから純然たる客観的視点を持った監視役としての務めを果たすために、ダンカンはミユリと会話しないと決めているのだろう。その考え方はわからないではないが……

（この二人と一緒に、魔族領域に？）

そう考えるだけで気が重いクレトだった。

（――いやいや。何を考えてるんだ僕は。〈魔王〉の心臓だけ手に入れたら、彼女に渡して、僕はそのまま逃げるのが一番賢い筈《はず》。魔族領域に行くと決まったわけではなくて）

昨晩のミユリとの『取引』だって書面に残した契約でもなし。

しらばっくれることは可能だろう。多分。

とにもかくにも今は〈魔王〉の心臓だ。

「〈勇者〉ってここにいるんですよね？」

「そう聞いてる」

渋々といった様子で今度は答えるダンカン。

やはり魔族の問い掛けだから無視していただけらしい。

「というか、すごく今更ですけど、その〈勇者〉ってどんな人なんです？」

「……………あー……………知らん」

「──って貴方《あなた》は⁉」

「いや、だから〈勇者〉は人類側の最高機密なんだよ！」

さすがにクレトが本気で怒っているのがわかったのだろう。ダンカンは慌て気味の口調でそう釈明してきた。

「万が一にも素性が知れて、魔族が送り込んだ暗殺者とかに殺されたら目も当てられんだろうが？」

ちらりとミユリを一瞥するダンカン。

確かにミユリがここまで──王都まで逃げ延びてこられる以上、人間に扮《ふん》した魔族の暗殺者が〈勇者〉を亡き者にせんとやってくる可能性は否定できない。

「バルデン寺院跡にいるのが〈勇者〉だとは聞かされていたのだが……」

で──いざ来てみたら難民だの何だのが百人超えで、誰が誰だかわからない。背格好と言わず、せめて年齢だけでもわかっていれば、ある程度までは絞れるのだが――

「まさかこの人達全員〈勇者〉ってオチじゃないですよね？」

「〈勇者〉ハ一人。かナり、小柄」

と断言してきたのは驚いたことに、ミユリだった。

「陛下ト一緒、私、〈勇者〉見てイマス。〈勇者〉ハ一人でシた」

「えっと――ミユリ、さん？」

「…………？」

何故《なぜ》か一瞬、ミユリの力みまくった表情にさざ波のような『揺れ』が走る。それが驚いているのだと察したクレトは慌てて付け加えた。

「あの、すみません、カツエシュロ――じゃなかった、カツシロさんと呼んだ方が？」

『カツシロ』という姓が微妙に言いにくいのと、その容姿に『ミユリ』という名前の方がよく似合っていたということもあって、ついそう呼んでしまったのだが。考えてみれば馴《な》れ馴れしかったかもしれない――そんなことをクレトが考えながら慌てていると。

「――いエ」

ミユリは頭巾の中で首を振った。

「カツシロ家は、代々、〈魔王〉陛下の乳母を務めテきタ家系で、ソノ姓を持つ者も多いノデす。カツシロだケでハ、誰かわかラナいことも多イです。私もミユリ、で呼ばレることと、多いデス」

「はあ……」

どうやら怒ってはいないらしい。

「ただ、そコの男は——」

一瞬、躊躇《ちゅうちょ》するように言葉を切ってミユリはダンカンを睨《にら》む。

「そコの男ダけ、なく、出会っタ人類、皆、『魔族女』、『雌犬』、呼びマス。名前呼んでもらっタ、久しブリでス。だから驚イたデす」

「ああ？」

と不機嫌丸出しの声を『そコの男』——つまりダンカンがあげる。

「魔族女を魔族女と呼んで何が悪い？　生意気な雌犬が——『お仕置き』されたいか？」

「…………変態ッ」

と言いながらミユリは己の襟元に——いや首に右手を添える。

（あれ……？）

ミユリの長い黒髪に襟元が隠れていることが多かったので、昨日は気がつかなかった——というかクレトが見ていたのは殆ど彼女の尻尾と獣耳だったので、気がつかなかっただけかもしれないのだが。

改めて見れば彼女の首には『首輪』が——犬などの家畜につけるような『輪』が嵌《は》まっていた。

「リンデン卿《きょう》？　ミユリさん？　それって」

「ああ。先にも話が出たろう」

右手を懐に入れながらダンカンが言う。

「この魔族女が〈勇者〉暗殺に送り込まれた刺客だとか、あるいは〈魔王〉の心臓の奪取を狙ってるって可能性もあるのでな。話を聞く代わりに、念のためということで首輪をつけさせたと聞いておる。錬金術師が作った代物らしいな」

ダンカンが懐から取り出したのは、先端が二股に分かれた小さな金具だった。

「この音叉《おんさ》を叩《たた》いて鳴らしてやれば――きゅっと締まる。勿論、勝手に自分で外そうとしても締まる。これがあるからこそ魔族女の護送は俺一人で務まるという寸法だ」

「…………」

さすがに悪趣味だとはクレトも思ったが、ダンカンの言うことには筋が通っている。

ミユリが嘘《うそ》をついていないという証拠も、本当に〈魔王〉の復活を目論《もくろ》んでいるという証拠も、ないのだ。万が一のことを想えば、安全策は用意して当然だろう。それがどれだけ相手に屈辱を強いるものだとしても。

ただ――

「それって僕が預かることはできます？」

「うん？　何を言ってるんだ、貴様は？」

「いや、リンデン卿、憂さ晴らしとかで無意味に使いそうな気がして」

「ふざけるな。俺がそんな男に見えるのか」

「すいません。見えます」

「見エマス」

と殆ど同時に言うクレトとミユリ。

「貴様ら……」

「まあそうでないとしても……本当にミユリさんが実は敵だとか、暗殺者だったとかだとして、わかった時にそれが一番必要になるのは、僕だと思うんですけど」

『正体』のばれたミユリが逆上するなり、関係者の口を塞ぐなりしようとした場合、一番危険にさらされるのは間違いなくクレトだろう。クレトは法術こそ使えるが、攻撃的な能力は皆無と言って良い。

一方でダンカンは武装もしているし、剣術や槍術《そうじゅつ》、徒手格闘術、その他諸々《たもろもろ》、騎士の嗜《たしな》みとして武芸一般を身につけているだろうから、ミユリが暴れた場合、首輪に頼らずとも制圧できる可能性が高いわけで。

「〈魔王〉の心臓を手に入れるまで、つまんないことで揉《も》めたくないんですよ。僕は」

「…………む」

しばらくダンカンは唸《うな》っていたが。

「まあ、道理ではあるか」

溜息を一ついてからそう呟《つぶや》くと、彼はあっさり音叉をクレトに手渡してきた。

「ほれ。なくすな。それから使い方だが――」

「…………」

「…………」

クレトの掌《てのひら》の上に載せられた音叉を眺めるクレトと……ミユリ。

「なんだ？」

「あ、いえ、意外って言うか……もっと渋られちゃうかと」

「貴様が俺をどう思っているのか知らんが、俺は騎士で、貴様は庶民だ」

革手袋に包まれた右手の指をクレトの鼻先に突きつけながらダンカンは言った。

「騎士は庶民を護《まも》って戦うのが責務。つまり騎士が最も尊ぶべきは庶民の身の安全であろうよ。そのために最善だというのであれば、俺が拒む理由はない。以上。何か質問は？」

「……なるほど」

クレトは頷《うなず》いた。

「すみません、ちょっと貴方のことを、見くびってました、リンデン卿」

「ふん。正直な告白は嫌いじゃない」

とダンカンは何やら満足げである。

（本当……別に悪い人じゃない……んだよ……多分？）

物言いは大雑把で尊大で乱暴だが、ダンカンにはダンカンなりの筋というものがあって、それに従っているだけなのだろう。ミユリに対しても侮蔑じみた発言はするにしても、監視役という立場を悪用して積極的な暴力を加えたいとは考えていないようだった。

そんなことをクレトが考えていると——

「これなに？」

そんな声と共にクレトの掌の上に載っていた音叉の重みが消えた。

「——!?」

慌てて声のした方をふり向くクレト達。

いつの間に近づいてきたのか——そこにいたのは、難民の一人と思《おぼ》しき少女だった。

顔立ちは若干幼い印象で、加えて小柄なクレトよりも更に低い身の丈から判じるに、歳《とし》の頃は十代前半——多めに見積もっても十四か五といったところだろうか。

三つ編みにして垂らした亜麻色の髪、ぱっちりと開いて円《つぶ》らな碧《あお》い眼。髪はぼさぼさ、顔にも泥汚れめいたものが付いていて、薄汚れた印象が強いが……よく見れば整った目鼻立ちで、実に可愛《かわい》らしい。

身にまとう、だぶついた感じの襤褸《ボロ》のせいで体型はわからないが——

「ちょ、ちょっと、君、それ返し——」

「なんか綺麗《きれい》。いい音鳴りそう」

くるくると掌の上で音叉を回したりして弄《いじ》くり回す少女。

指使いを見ている限り、器用そうではあったが——他者の生き死にに関わる品を扱う慎重さがそこにはない。今にもついうっかり、落っことして音叉を鳴らしかねない……傍《はた》で見ていてそんな危うさがあった。

「いかん」

　ダンカンが顔色を変えて言った。

「その音叉、折れ曲がるほどに強く叩けば、頸骨《けいこつ》を砕くまで首輪が締まるぞ」

「そんな危ないもん使わないでくださいよっ！」

　言いながら慌てて少女の方に手を伸ばすクレトだが、少女は小猿のように身軽な動きでひょいと退くと、彼の手を逃れて駆け出していた。

「……チェンバース殿……」

「と、取り戻してきます！」

　不安げな表情を浮かべるミユリにそう告げてクレトは走り出す。

「〈勇者〉探しは後回し！　リンデン卿は彼女の護衛――じゃなくて監視を！　もし首輪が締まり始めたら剣で壊すなりなんなりしてください！　彼女は重要人物なので、死なれては困ります！　了解!?」

「お……おお？　おお、了解、心得たっ！」

　と気圧《けお》されたかのように、ダンカンが頷くのを確認すると、クレトは音叉を持った少女の後を追って寺院の廃墟の中へと足を踏み入れた。

バルデン寺院は元々、人類領域でも屈指の旧《ふる》い歴史を持つフォレス教の施設だ。

今でこそ関係者は離散、建物は全て廃墟と化しているが、最盛期には何十万もの信徒が巡礼に来たといい、バルデン寺院の建物もそうした信徒達を可能な限り数多く収容できるよう、大規模なものになっている。

地下には墓地があり、地上も敷地全てを見下ろせる尖塔を中心に、伽藍中央には千人を超える信徒を受け入れ可能な大聖堂があり、その周りには僧侶達の部屋から倉庫や便所、浴場まで、全て含めれば部屋数も百を超えるという。

さながら迷宮そのものの複雑さである。

「……なんだこれ？」

廃墟の中を歩きながらクレトは眉を顰めた。

取り壊しが決まった廃墟と聞いていたので、荒れ放題を想像していたのだが——難民達が掃除をしているのか、意外と中は綺麗だった。埃《ほこり》臭くはあるものの、少なくとも瓦礫《がれき》やら家具の残骸やら何やらが床に散乱している様子はない。

その一方で——何故か奥に行けば行くほどに人の気配がない。

難民達はどうやら玄関を入ってすぐの辺りに集まっているようで、彼らが奥で寝泊まりしている様子はなかった。

「………………」

よく見れば——この寺院は何度も改築されているようで、壁や床に一部だけ他と色や質感が変わっている場所があったり、継ぎ目らしき線が走っていたりする。

勿論、歴史の永い建造物に、補修跡や改築跡は珍しくない……が。

(廃墟になったのが確か――十年前)

だとすると補修や改築の痕跡は全てそれ以前のものになる筈なのだ。

なのに妙に新しく見える部分があるのは、クレトの気のせいか。

「……寺院が廃された後で別の何かに使われた？」

もしそうだとすると……それは何のために？

バルデン寺院から人がいなくなったのは、十年前。規模が規模なのでそのまま放置されていたのだが、去年になって取り壊されることが決まった、とクレトは聞いている。

約九年の間が空いたのは偶然か？　それとも――

「……うーん？」

首を傾げながらクレトは更に奥へと踏み込んでいく。

少女の足音は何度か途切れながらも、まだあちこちに反響して聞こえてくる。時折、長い廊下の先にその影が過ぎることもある。

一体あの少女は何を考えているのか。

「ちょっと、君、その音叉返して！」

クレトは廊下の奥に少女の影が見えたその瞬間、大声を張り上げたが――少女はしかし返事をすることなく、また彼の視界から消える。

まるで奥に奥にと誘われているようで、何やら不安が募るが……ここまで来て帰るわけにもいくまい。音叉がどれくらい離れてもミユリの首輪を締めることができるのかはわからないが、魔族の重要人物につけるための代物だ、ちょっとやそっと離れたくらいで使えなくなるような、生半可なものを用いたりはすまい。

「あーもう……」

幾つめかの廊下の角を曲がって——そこで、クレトは気がついた。

床が、わずかに浮いている。

「………地下？」

呟きながらその浮いている部分に触れてみると、石畳のように見えたそれは、しかし薄切りした石材を木の板に貼り付けてそれらしく見せただけの代物だとわかった。見かけよりも随分軽そうだ。小柄で非力なクレトでも、動かせそうに思える。

クレトはしゃがみ込んで浮いている部分に指を掛け——その『蓋』を開いてみた。

「………これは」

切り取られた床から、石造りの階段が下に向かって延びている。

「地下墓地？　いやでも……」

それなら、こんな隠すような形で入り口は作るまい。

耳を澄ますと、階段を下りていく足音が幾重にも反響して聞こえた。

あの少女はきっとこの先にいる。

「下りるの？　ここを？」

正直あまり気は進まなかったが、仕方ない。

灯《あか》りはなく、先は濃い闇の向こうに溶けて見えない。おっかなびっくり下りてみると、階段は意外に短く……ほどなくしてクレトは妙に広い場所に出た。

石と煉瓦《れんが》で作られた地下の広間。

地上から鏡か何かで光を導いているのか、あちこちから細いながらも白い光が降り注いでいて、全てが暗闇に沈むのを防いでいる。

何十本――いや百本を超えようかという石柱が天井を支え、広大なのに奇妙な圧迫感を覚えるという、独特の景観を作り出していた。

部屋の規模という意味では上の大聖堂と遜色ないだろう。

ただしここには装飾性が一切ない。

壁紙も床板もなく、石畳が剝き出しで、柱の飾り彫りもなかった。

「――あ、君！」

柱と柱の間をひらりと横切る人影を見てクレトは声を掛ける。

「ちょっと待っ――」

言って前に踏み出そうとするクレト。

そんな彼の鼻先を――突然、灰色の颶風《ぐふう》が通り抜けた。

「――!?」

まさしく間一髪。

もしクレトが一瞬でも早く前に出ていたら、その颶風は彼の横面を直撃していたことだろう。そしてそのままクレトの頭は胴体と永遠に分かれることになっていた筈だ。

轟《ごう》、と空気が鳴き——灰色の颶風は次の瞬間、重量感を伴う実体となってそこに存在していた。

「——動像《ゴーレム》⁉」

それは錬金術師達が造り出し、しばしば衛兵や番犬代わりに使うと言われる立像だった。

錬金術師の性格や嗜好《しこう》、得意分野によって色や形、大きさからその素材まで様々だが、関節構造を持つその人形《ヒトガタ》は、魔力を込めた秘薬を血として動き、予《あらかじ》め設定された動きを黙々と実行する。

千変万化する状況に対応するような機能はないが、特定の環境での限定的用途に使うならば、非常に優秀な代物だった。

例えば——特定施設の中に入り込んだ部外者の排除とか。

「いや、あの……」

クレトの眼の前でごつごつぎちぎちと石と金属の擦れ合う音をたてながら、動像が姿勢を変える。拳をふり抜いた姿勢から腕を引き戻して——これは再び殴り掛かるための姿勢をとろうとしているのか。

「勝手に入ったのは悪かったと——って通じる筈ないですね、はい」

自我もない機関仕掛け《カラクリ》に言い訳しても始まるまい。

動像の動きには強弱というか『波』がある。

先程も見た通り、『殴る』とか『走る』とか——そういう単純動作や、それを繰り返すだけの場合には、文字通りに眼にも留まらぬ速さを示すが、『膝を折ってしゃがんで腕を伸ばしものを拾う』とか『攻撃をかわされたので次の攻撃に移る』といった複雑に入り組んだ一連の動作は苦手……というか中の機関をいちいち動作に合わせて組み替えるのに時間が掛かっているようだった。

「これは一旦逃げるしか……」

勿論、クレトにこんな代物をどうにかできる戦闘力はない。

幸い、この動像はクレトの身長の倍近く、肩幅も同様だ。つまりクレトが下りてきた階段を通ることができない。あくまで地下施設の警備用と考えれば別に不思議はないだろう。

階段まで逃げられれば、とりあえずは安泰——

「——うえ⁉」

と思って階段の方をふり返ると——あろうことか、ごろごろと音をたてながら分厚い鋼鉄の扉が閉まるのが見えた。

「ちょっ……え、これ、ひょっとして万事休す⁉」

逃げ道が閉ざされた。

先述のように——動像は常に高速で動いているわけではない。

だから相手の動きをよく見ていれば、とりあえず攻撃を何度か回避することは可能かもしれない。飛び道具は持っていないようなので、追い付かれることなく一定の距離を保っていれば良いのだ。

だが動像は、およそ諦めるということを知らない。飽きるということも知らない。一度目標を定めれば、延々とこれを追って攻撃を仕掛ける。

逃げ回るにしても限界がある。クレトの体力が尽きるのが早いか動像の魔力が尽きるのが早いか——恐らく前者だろう。

「ねえ、君——」

一瞬、躊躇してからクレトは大声を張り上げた。

「聞いてる？　——〈勇者〉様⁉」

声はあちこちに跳ね返って響くが、返事はない。

半ば当てずっぽうだったが、間違いないとクレトは踏んでいた。

あの少女が〈勇者〉だ。本当に信じがたいことだが。

「君の持ってった音叉は——それは、僕達の大事なものなんだ！　だからね、勝手に持ってかれると困るの！　わかるでしょ？」

やはり返事はない。

「君も、自分のものだから『〈魔王〉の心臓』の提出を拒んだんだよね⁉」

代わりに——ぎちぎちごりごりと音をたてながら動像が近づいてくる。

前から一体。左右から一体ずつ。合計三体。いつの間にか増えていた。

一体でもクレトの手に余るものが三体もいる。もし同時に殴り掛かられたら、避けようがない。包囲の隙間から逃げようにも——迂闊《うかつ》に近づけば矢のような勢いで鉄槌《てっつい》のような拳が飛んでくる。

「返して！　返してくれればここから出ていくから！　僕が出ていけるように、この動像を止めて⁉　頼むよ！」

「……〈魔王〉の心臓を取りに来たのではないの？」

どこからか声が漂ってくる。

〈勇者〉は心臓を手放したがらない——という話だったけど）

そういえばクレト達は寺院の外で『〈魔王〉の心臓』のことを口にしている。それを難民に紛れていた〈勇者〉が聞いていたとしたら——

「心臓は君が持っててくれていいよ」

咄嗟《とっさ》にクレトはそう答えていた。

「僕達は〈魔王〉の心臓を取りに来たんじゃない。君を迎えに来たんだ」

策が尽きてどうにも行き詰まったなら前提条件を変える。

戻れるだけ戻って他の選択肢がなかったかを探す。

そもそも最終的な目標が何だったかを思い返す。

交渉の基本だった。

「君が持ったまま、僕と一緒に来てくれればそれで済む」

窮地に際しての単なる思いつきだったが――口にしてみればそれは、咄嗟にひねり出したにしては悪くない考えだとクレトは思った。

〈魔王〉の心臓を〈魔王〉に返す。最終目標はそれだけだ。

途中でどんな手段をとるのかは別に決められていない。なら〈魔王〉の心臓を『護送』するのに〈勇者〉を駆り出しても問題はない筈――

「…………貴方は勘違いしてるよ」

と少女の声が漂ってくる。

そこには何の感情も滲《にじ》んでいない。

淡々と何かを読み上げるかのような声――いや音だ。雨音、風音、潮騒《しおさい》、そういったただの、現象。そこには何の感情も思惑もなくて、ただただ事実を告げるだけ。

「あの心臓は私のものじゃない。あの心臓は〈魔王〉のもの。私は預かっただけだよ。〈魔王〉は戦利品だとかくれてやるとか言ってたけどね。私は預かったつもりだった。だから〈魔王〉自身の承諾なしに、勝手に誰かに渡したりはできない」

そこまで言って――ふと〈勇者〉は若干の間を置いた。

まるで躊躇するかのように。まるで何かの考えを整理するかのように。

「……できないと私は思った。自分で考えてそう思った」

「…………？」

何か引っかかる物言いである。

「それから――ここは私の『家』」

やはり少女の姿は見えず、声だけが漂ってくる。

「私はここで育ってここで戦い方を覚えたんだよ。あの動像は私が戦い方を学べるように
って置かれたものなんだって。戦闘訓練用の動像」

つまり〈勇者〉はあんな危険な代物を相手に戦闘技術を磨いてきたということか。しか
も――恐らくは幼児の頃から。

〈……ありえない……っていうかあり得ないから〈勇者〉なのか……〉

「当然、私が動像を止めちゃったら修練にならないよね」

「…………え？」

「だから動像を止める機構は最初から、ないって」

つまり、一度動き出したら、破壊するか、力尽きるまで稼働させるかしかないのか。

それ以前に――

〈……まるで他人事《ひとごと》みたいな……〉

〈勇者〉の話は誰かから聞いた話をそのまま口にしているだけのような、ひどく空疎な感
じが強い。声に感情の揺らぎがないから尚更《なおさら》だ。何か文章を眼で追って読み上げているだ
けのような素っ気ない物言いである。

修練場。家。動像。〈勇者〉。少女。〈魔王〉の心臓。

恐らくは人類最強の——特異なほどに突出した、孤立した、戦闘能力を持った少女。

十年前に廃墟と化した寺院。比較的真新しい地下施設。

（この地下で……何年も……？　いつから……？）

存在そのものを秘匿され。

戦闘用の動像を相手に戦う技能を叩き込まれ。

物心ついた時には恐らく選択肢はなく。相談する相手もなく。

ただひたすら——

「——！」

頭上からのしかかる、ぎちりという音でクレトは我に返った。

動像三体によるクレトの包囲はより狭められていた。

動像の鉄槌——いや破城槌《はじょうつい》にも等しい腕が一斉にふり上げられる。

いざ拳打が放たれればクレトに避ける術はない。矢よりも速いその一撃は、眼で見て避けられるようなものではない——

「止められないから、こうするんだよ」

動像の一撃が颶風なら——それは閃光《せんこう》だった。

一瞬、視界を過ぎった白い何かが次の瞬間、少女の形に結実したかと思うと、右の動像に飛び掛かっていた。あまりの少女の速さに、引きずられているのだろう——彼女が着ていた襤褸がふわりと舞い上がる。

少女は……呆《あき》れたことに全裸だった。

文字通りに一糸まとわぬ白くしなやかな身体。鋼鉄と岩石でできた暗色の人形と、少女のその身体は、あまりにも——全ての面で対照的だった。

唯一、首から紐《ひも》で結ばれた小さな球体を提げているのが見えて——

（……首飾り？）

剣も槍《やり》も棍《こん》も持たない右手が——素手の拳から伸ばされた二本の指が、動像の額を擦って抜けたのは次の瞬間だった。

途端——右の動像の動きが止まる。

「…………!?」

いや。止まったのみならず、更に次の瞬間には、まるで脱力するかのように肩を落とし、膝をつき、その場に項垂《うなだ》れる。まるで動像を支える何かが根刮《ねこそ》ぎ抜け落ちたかのような——『死』を想わせる脱力だった。

「…………」

唖然《あぜん》とするクレトの眼の前を再び白い閃光が横切る。

左の動像の、今度はするりと背後に回り込むと、少女はその左足の足首辺りをまた指で擦る。殴るでも叩くでも引《ひ》っ掻《か》くでもなく、ただ——指先で何かを跳ね飛ばすように。

左の動像もまた、その瞬間に動きを止めていた。

こちらは拳をふり上げていた姿勢が若干、不安定だったからか、脱力した途端、地響きのような音をたてて横倒しになった。

だが先制攻撃はそこまでだった。

クレトの正面の動像が拳を突き出して――

「――ッ！」

颶風を迎え撃つ閃光。

城壁に穴をも穿《うが》つほどの猛烈な拳打を――あろうことか、クレトよりも一回り小柄な少女が、交叉《こうさ》させた両腕で、正面から受け止めていた。

（どうなってんの……⁉）

あり得ない。どう考えても動像の方が何百倍も、いや事によれば千倍以上も少女よりも重量がある。

そして拳で殴るという簡素《シンプル》な攻撃は、体重と腕力がそのまま威力に直結する。動像の巨体から繰り出されるその打撃は、受け止めた少女を肉塊に変えるだけの威力があった筈なのだ。さもなくば彼女を空中に高々と吹っ飛ばすか。

なのに少女の両足は床を噛《か》んだまま微動だにせず、その身体が潰れちぎれることもない。先の二体を停止させた際の軽やかすぎる動きとは真逆、まるで彼女自身が岩人形と化したかのようだった。

そして――

「これでおしまい」

少女はひょいと軽い動きで、受け止めた動像の拳を中心に半回転——すらりと伸びた白い脚が、右肘の辺りを擦った。

一旦、しっかり動きを止められていた上に、脚の大きな動きであったからか、今度はクレトにも少女が何をしていたかが見えた。動像の表面に刻まれていた文字列、その先頭を少女は擦って消したのだ。

「動像を動かしているのは身体のどこかに刻まれた『力ある言葉』」

少女はふと両手を下ろして言った。

動像は拳を受け止められた姿勢のまま——凍り付いたように固まっている。脱力はもうしているのだろうが、微妙な均衡を保って倒れずに済んでいるようだ。

「一文字削るだけで言葉の意味が変わる。『真理』から『死亡』にね。動像を効率的に、確実に、『殺す』方法なんだって」

得意ぶる様子もなく、やはり淡々とした口調で少女はそう言った。

「それって、あの巨体の中から、その『言葉』が刻まれてる所を見つけ出して、その中の一文字を削るってこと？」

「そうだね」

事も無げに少女は言うが、それがどれだけ至難の業か。

相手は人間に数倍する巨体、しかも単純だが人間を遥《はる》かに上回る速さで動くことが可能な代物だ。その相手の攻撃を避け、あるいは防ぎながら、小指の先ほどの一点を狙って、文字を削る……凡人そのもののクレトにしてみれば、正気の沙汰ではなかった。

だがこの少女は恐らく何年もそんな修練を積んできたのだ。

この寺院の地下で——彼女を〈勇者〉として完成させるために、こうした仕掛けを用意した者達以外、誰にも知られることなく。

「それで——お兄さんは誰？」

そう尋ねる少女の表情は、人類最強の戦士とは思えないほどにあどけないものだった。

亜麻色の長い髪を三つ編みにして垂らしているせいか、正面から見ると少年のようにさえ見える。

今は全裸のせいで実際には見紛《みまが》いようがないが——女として成熟しその色艶が開花するのにはまだ二年か三年は必要だろう。胸の膨らみも、腰のくびれも、目鼻立ちの整い方も、多分に成長の余地を残している。そんな幼さが彼女の容姿にはまだ色濃い。

だがその一方で、この少女は紛れもなく人類最強の戦士として完成済みなのだ。

「……あ、ええと、僕はクレト、クレト・チェンバース。役人だよ」

「私は〈勇者〉」

「……え？」

「〈勇者〉だよ。お兄さん達みたいな名前はない」

と平然と少女は——〈勇者〉はそう言った。

ダンカンとミユリを連れてクレトが地下に戻ってくると——ズルズルと音をたてながら、手だの足だの胴体だの頭部だのに分割された動像が、どこかに運ばれていくところだった。

「なんだこれは……」

と呆れた声を漏らすのはダンカンである。

どこから湧いて出たのか……掌に載る程度の大きさの人形達が、何十体も揃《そろ》って倒れた動像に群がるとこれを分解し、運搬しているのだ。

大きさが違うだけで、恐らくあの人形達も動像の一種なのだろう。

その様子はまるで、地に落ちた大きな昆虫の死骸を、蟻《あり》の群れが巣穴に運んでいくみたいだ——とクレトは思った。

〈勇者〉曰《いわ》く、これはいつものことであるらしい。

動像はこの地下施設の奥で人形達による修繕が施され、明日には再び完全な状態で稼働するのだという。恐らくここを造り上げた者達は、自分達が誰一人いなくなっても延々と〈勇者〉が修練を続けられるようにと考え、設計したのだろう。

あるいは——最初からここには〈勇者〉しかいなかったのかも。

（最初から、〈勇者〉を俗世間に染まらせないために？）

などと——この徹底した施設を見てクレトは想ったりする。

まるで深窓の令嬢のように。

まるで箱入り娘のように。

俗世間の様々な悪徳に触れぬよう、大切に……と言えば聞こえは良《い》いが。およそ友人知人を作ることを許さず、他者と接触することを許さず、ありとあらゆる『寄り道』を許さず、許された時間と資材の全てを〈勇者〉として完成させるためにのみ費やす——

（なんだそれ…………）

クレトは怖気《おじけ》を感じた。

「……その子供が〈勇者〉だって？」

と——〈勇者〉を見て眼を丸くしているのは、ダンカンだ。

「何かの間違いじゃないのか？　難民の子供とか？」

とダンカンは顔をしかめて言う。

まあ確かに今、襤褸をまとって突っ立っている少女を見て、難民か、〈勇者〉かと二者択一で問われれば前者を選ぶ者が大半だろう。実際に動像が倒される様を眼にしていたクレトでさえ、あれは何かの見間違いだったのではないかと思いそうになる。

「いや。間違いじゃないと想いますよ——ねえ？」

前に一度〈勇者〉と会っているというミユリにも同意を求める……が。

「…………」

「なんで貴女《あなた》まで『え？　本当に？』みたいな顔してんです⁉」

ミユリはといえば、やはり眼を丸くして〈勇者〉を見つめているのだ。

「ア……イえ」

さすがに慌てた様子で首を振るミユリ。

もっと〈勇者〉をよく見ようというのだろう、彼女は頭巾をとって獣耳の備わった頭部を露《あら》わにする。この地下にはクレト達以外の他人の眼がないので、魔族の特徴を露わにしても問題はない。

「……前に見タ時……全身甲冑《かっちゅう》、兜《かぶと》、被《かぶ》ってイタ、でスから……」

全身甲冑だと体型はわかりにくいし、兜も形状によっては顔は見えないだろう。つまりはミユリも眼の前の少女が〈勇者〉であると証言することはできないわけだが――

「…………あ」

と〈勇者〉が今更のように眼を瞬《まばた》かせて言った。

「――乳の魔族」

「ち……乳？」

と思わずミユリの胸元を見てしまうクレト。

彼はついつい彼女の獣耳と尻尾にばかり眼が向きがちだが――

「言われてみれば――」

今更といえばどうしようもない位に今更なのだが、確かに大きい。とても。

「乳姉妹《ちきょうだい》デす！」

　とクレトの視線から身体を庇《かば》うようにして言うミユリ。

「実母、陛下ノ乳母をシテいタから！　変な略し方しナイ、クださイ、〈勇者〉ッ！」

「…………」

「……なんデすカ!?　何言いタいでスか!?」

　と殆ど涙目でクレトを睨んでくるミユリ。

「あ、いや、その、失礼――ん、んん」

　クレトはとりあえず咳払《せきばら》いをして彼女の胸から眼を逸《そ》らす。

「まあこれで彼女が〈勇者〉だってのは証明できたようなもので……」

「そこの魔族のことなんざ、乳だろうが尻だろうが、どうでもいいが」

　とダンカンは言って腕を組む。

「この娘が本当に〈勇者〉だと言うのなら、〈魔王〉の心臓を持ってるんだろう？　元々俺達はその〈魔王〉の心臓を取りに来たんだろうが。どこにある？」

「………クレト・チェンバース？」

　と〈勇者〉が――無表情は変わらないが、『話が違わない？』と言わんばかりに、首を傾げてクレトの方を見てくる。

「別に君から〈魔王〉の心臓を取り上げたりはしないよ」

　とクレトは慌ててそう言った。

「リンデン卿。〈魔王〉の心臓は彼女に持っていてもらいます。彼女に同行してもらえれば、むしろそっちの方が心強いですし。言うなれば彼女は護送役ですね」

「……なんだと？」

「不満が？」

「不満も何も――」

とダンカンは何かを言いかけたが。

「……いや、俺の不満はさておき。本当にこの娘が心臓を持っているかどうか、確かめる方が今は大事ではないか？」

眉を顰めながらそう繋《つな》いだ。

どうやらダンカンはダンカンで何やら〈勇者〉という存在に対して思うところがあるようだが、今はそれを改めて尋ねている場合でもあるまい。

「〈勇者〉様。見せてもらっていいかな？　取り上げたりはしないと約束するから」

「…………いいけど」

と〈勇者〉は頷くと、襤褸の下から、何かを引っ張り出してきた。

掌に載る程度――大人の手なら何とか握り込んでしまえる程度の大きさの、首飾り。

先程、動像と戦った際、〈勇者〉が唯一身に付けていたものだ。

五角形の形に整えられた透明な水晶の内部に、何やら小さな塊が封じられているのが見えるが――

「え？　こ、これ⁉」

心臓と呼ぶにはあまりにも小さくないだろうか。

「乾かしてたら縮んだ」

と〈勇者〉が言う。

「いや、乾物作っててんじゃないんだから⁉　えっと、み、ミユリさん？　これ大丈夫なんです⁉」

クレトは〈勇者〉の掌の水晶球を指してミユリに問うた。

「大丈夫。陛下ノ――〈魔王〉ノ心臓でスから」

とミユリは大きく頷いて言った。

「何なんですかその謎の自信は」

〈魔王〉の心臓は何でもありか。

「陛下ノ――〈魔王〉ノ心臓、強イ魔力帯びてマス。そノ魔力を使っテ魔術も可能、局所的時間遡行デす」

「局所的時間遡行ってそれ――」

「『復元』ノ魔術、法術と同じ、デす。魔術ノ手順、踏めバ、元通り」

「あ……そうか。そうですね。それは善かった」

クレトも限定的ながら『復元』の法術は使える。

そして法術というのは魔術と似ている――というより本質的に同じものだ。『魔術』というと聞こえが悪いので、僧侶達は法術と呼んでいるだけである。

「……なるほどな」

と感心しているのは意外にもダンカンである。

彼は腰に提げていた剣の柄を水晶球に近づける。

すると柄頭《つかがしら》に埋め込まれている小さな宝玉がわずかに光り、同時に剣がカタカタと震える音が聞こえてきた。

ダンカンの腰の剣は魔術で鍛えられた業物か、あるいは真銀《ミスリル》製の代物なのだろう。その種の武器は強い魔力に触れると何らかの反応を示す。

「まあ、とりあえずこれで〈魔王〉の心臓は確保できたというわけだな」

「……というか、〈勇者〉様?」

とクレトは改めて、水晶球の首飾りを仕舞う少女を見ながら言った。

「改めて確認するけど、僕達と一緒に来てくれる――と思っていい?」

「いいよ」

あっさりと即答である。

まあ魔族領域の最深部にまで入り込み、一人、生きて帰ってきた〈勇者〉からすれば、今一度、魔族領域に侵入するなんて、ちょっと遠めの旅行と大差ないのかもしれないが
――

「元々預かってただけのものだし。いつかは返さないといけないしね」

と〈勇者〉は言った。

「〈魔王〉は元気にしてる？　これ、〈魔王〉に返しに行くんでしょ？」

「…………」

「…………」

思わず顔を見合わせるクレトとミユリ。

「……陛下は、身罷らレましシた」

「……みまか？　なに？」

「死んだってことだよ」

とクレトは言った。

「戦争を止めたくない魔族がいてね。その連中が〈魔王〉を殺したらしい。心臓を片方君に預けてたから、弱くなった〈魔王〉の隙を突く形で」

「ふぅん。そうなんだ」

とクレトの説明に頷く〈勇者〉。

何というか、反応が――クレトが予想していたものよりも、妙に薄い。

「デスが陛下は……心臓を返しテ術を施シて差し上げレば、復活いただけル筈なのデす」

「ああ。だから必要だって話なんだね。わかったよ」

〈勇者〉は頷き――すたすたと階段に向かって歩いていく。

「じゃあ行こうか」

「え? あ、あの」

まるで近所に買い物に行くかのような気易《きやす》さだが。

「さすがに、準備が……」

「そうなの? わかった。準備して。待ってるから」

と足を止める〈勇者〉。

「……ああ、ええと、とりあえず」

クレトは窓一つない地下修練場を見回す。

暑いとか寒いとか臭いとか暗いとかではないのだが——

「ここから出よう。みんなで」

クレトは何となくここが嫌いだった。

●

「……ああ……」

屋根の上に座って夜空を見上げながらクレトは溜息をついた。

彼が今いるのは——職場、つまりは役所の上である。

ダンカンには『職場から私物を取ってくる』と告げて出てきた。

〈勇者〉を〈魔王〉の心臓ごと引っ張り込むことに成功したことで多少の信用が生じたの

か――ダンカンはクレトの単独行動を咎《とが》めなかった。結果としてクレトは自分の家にダンカン、ミユリ、そして〈勇者〉の少女を置いて出てきたわけだが。

いざ役所に来てみると、職場に置いていたクレトの私物は整理され、小さめの木箱にまとめて放り込まれて、役所の廊下に置かれていた。

まるで亡くなった者の遺品を整理するかのように。

あるいは上司や同僚は――特に事情など知らされていない同僚達は、『クレトは忙しいだろうから代わりに』と思ってしてくれたことなのかもしれないが、それを感謝する気分にはとてもなれない。

「もう死人扱いってことだよね……」

その後、屋根裏の資料室に寺院時代の――法術関連の蔵書数冊を置いていたのを思い出して、クレトはその回収に来たのだが、こちらもどこかに処分されてしまっていたようで、探しても見つからなかった。

普段、閉め切っている屋根裏の資料室は微妙に空気が澱《よど》んでいて息苦しい。なので、換気をすべく窓を開けて――ついでにクレトは屋根に登って夜空の星を眺めているのだった。

「……はぁ……」

何度目かもうわからない溜息が漏れる――その直後。

「何してるの？」

「――うわっ⁉」

急に背後から声を掛けられ、クレトは思わずその場で跳ねた。

足を滑らせ、傾斜のついた屋根の上を転げ落ちそうになり――

(あ、これで怪我《けが》したら旅に出ずに済む？)

などという考えが一瞬、脳裏を過ぎったが――次の瞬間、背後からひょいと伸びてきた白く細い手がクレトの襟首をつかんで滑落を止めていた。

首根っこをつかまれた猫の子みたいに、屋根からぶらんと吊《つ》り下《さ》げられるクレト。首を動かして手の主を見上げると――

「――〈勇者〉様？」

開いたままだった窓から身を乗り出した〈勇者〉の姿がそこにあった。

彼女は小柄な身体に似合わぬ腕力で、あっさりとクレトを屋根の上にまで引っ張りあげると、手を離して自らも屋根の上に出てきた。

「な……なんでここに？」

「……？」

クレトの問いに――やはり無表情のまま首を傾げる〈勇者〉。

何を尋ねられたのかわからない、といった様子である。

今の〈勇者〉は寺院跡で着ていた襤褸布ではなく、白を基調とした衣装を身につけ、革靴も履いていた。

さすがに襤褸の下が裸のままだと何かとまずいという事で、寺院跡を離れた直後、クレトが近場の服屋に飛び込んで適当に一式あつらえさせたのである。

ちなみに必要経費という事で服代はダンカン持ち。

黒い下着の上から本当に必要最低限というか丈の短い半袖の上着と、短袴《ショートパンツ》を着けているだけで、へそだの何だのは丸出しだが、小柄であまり胸も尻も大きくないせいか、あんまり扇情的な感じはしなかった。

まあ何にしても裸の上に襤褸一枚という恰好よりは遥かにマシだ。

「クレト・チェンバース、いつまで経《た》っても帰ってこないし」

と〈勇者〉は言った。

「え？　あ、いや、そうじゃなくて。僕の職場とかよくわかったね？」

〈勇者〉はクレトの勤め先を知らなかった筈だ。一口に役所といってもこの王都にあるそれは少なく見積もっても三十は超える。まさかその一つ一つを訪ねて回ってきたわけでもなかろう。

「何となく匂い辿《たど》ってたら、いたから」

「犬かっ⁉」

思わずそう突っ込みを入れるクレトだが。

考えてみればこの少女は〈勇者〉なのだ。

人類最強の戦士。不可能を可能にする超人。

犬にできることならできて当然——なのかもしれない。

「……クレト・チェンバース」

〈勇者〉はクレトの顔を覗《のぞ》き込《こ》みながら言った。

「一緒に行くよね？」

「え？　あ、えっと」

「『僕と一緒に来てくれ』って言ったよね？」

無表情は無表情なのだが、それ故にじっとクレトの顔を覗き込む〈勇者〉の姿には何というか、筆舌に尽くしがたい『圧』があった。

「あ……あれは」

確かにそういう趣旨の話はしたが。

あれはあくまであの寺院跡を出て——という程度の意味しかなくて。

（しまった、もうちょっと言葉を選ぶべきだったか……！）

今ここで、魔族領域にまでは行くつもりはないのだと告白しようものなら、『裏切られた』と判断されて〈勇者〉の力で半殺しにされたり全殺しにされたりするのではないか。

「えっと……だから……」

「それは、なに？」

「話題の切り替え早いね⁉」

と思わず突っ込みを入れてしまうクレト。

〈勇者〉が指さしているのは、クレトが左手に持っていた小さな首飾り——いや『名札』だった。薄い銅板でできた小さな札。その表には人類領域共通の公用語で『クレト・チェンバース』と彫り込まれていた。

どうにも気が滅入《めい》っていたので、首から提げているお守り代わりのそれを、指先で弄っていたのだが……。

「……名札？」

無遠慮に指先で銅板に触れてくる〈勇者〉。

それどころか〈勇者〉は身を乗り出して名札の匂いまで嗅いでくる。彼女はクレトの右側にいたので、当然——屋根の上に座っているクレトの膝や太股《ふともも》の上に、上半身を預けるような恰好《かっこう》になってきて。

（そういえばメルダもよくこんな風に僕の膝の上に乗ってきたっけ……）

白い首筋とそこから垂れ下がる亜麻色の三つ編みを見ながら、そんなことを考えるクレト。

ちなみにメルダというのはクレトの育った寺院で二頭飼われていた牧羊犬の片方の名である。気位が高いのか、愛想のない犬だったが……何故かクレトの膝の上にでろんと身体を伸ばして乗るのが好きだった。

「これ、クレト・チェンバースの名前？」

と〈勇者〉はクレトの膝にのしかかったまま、首だけ回して肩越しにクレトの顔を見上げてくる。何というか――遠慮というか距離感というか、そういうのがまるでない少女だった。

「うん、寺院を出る時に――貰《もら》った。チェンバースの姓と一緒に」

「……姓と？」

肩越しにクレトを見上げる体勢がさすがにきつかったのか、ごろんと仰向けになってクレトの膝の上に背中を載せながら、〈勇者〉はそう尋ねてくる。

（ちょっ……距離、距離！　近い！）

と内心で吼《ほ》えるクレトだが、それを〈勇者〉自身に言える筈もなく。

表情こそないものの、〈勇者〉は目鼻立ちの整った、愛らしい顔立ちをしている。眼は大きく円らで、瞬きする度に、宝石が煌《きら》めくかのようだ。実に繊細な容貌で、この少女が人類最強の〈勇者〉なのだと言われても、どうにも実感が湧かない。

「えっと……チェンバースって元々寺院の名前でね。僕は寺院の前に棄てられてた孤児だったから、姓なんてなくてさ」

〈勇者〉の顔から眼を逸らしながらクレトは言った。

「まあでも、寺院を出て独り立ちするとなると、姓がないと何かと不便っていうか、面倒だからね。割と寺院に子供を棄てるってのはよくある話みたいで、僕以外にも過去に何人かいたみたいなんだけど。いつの間にか、独り立ちする奴《やつ》には、寺院がチェンバースの名前と一緒に、この名札をくれるようになってね」

「……クレト・チェンバースも親、いないんだ？」

それは〈勇者〉にも親がいないということか。

「……というか、君は……どういう事情で〈勇者〉に……？」

預言で〈勇者〉の誕生については何年も前から言及されていたが、詳細についてはまるでわからないままだった。だからクレトもつい昨日まで〈勇者〉が実在するとは思っていなかったのだが――

「預言の翌年にね。どこかの寺院の聖堂にいたんだって。私」

と自分の顔を指さして〈勇者〉は言った。

「記憶とかも全然なくて。自分の名前も言えなくて。そもそも鍵掛かった聖堂の中に、いつの間にかいたみたい」

〈勇者〉は黒い下着の胸元を指で引っ張ると、小さめだが膨らみを示している胸の間をクレトに見せてきた。

小さな、しかし赤く、偶然の産物とは思えないくらいに角張った形の――何かの紋章としか思えないような左右対称形の痣《あざ》を。昼間に寺院の地下で彼女の裸体を拝んだ時には、小さすぎて気がつかなかった。

「これが預言の〈勇者〉の印なんだって。色々調べたら、なんだか私、すごく才能があったみたいで。魔力とか……苦痛耐性とかなんとか」

「才能……」

聞けば……〈勇者〉は魔術師適性が異様に高いのだとか。

有り余るほどの魔力を内包し、その循環による非詠唱法術で常に肉体を強化し続けているらしい。誰に教えられたからでもない、これは技術ではなく生まれ持った彼女の能力で——彼女は傷の治りも異常に早く、人間離れして頑健なようだった。

(苦痛耐性って……調べた? どうやって?)

だからこそ肉体が発する危険信号——苦痛も小さい。

その必要がないからだ。

ちょっとやそっとのことでは〈勇者〉は死なない。死なないなら、苦痛なんてものは本人の集中を妨げる余計な要素でしかない。

「私は『化け物』なんだって」

誇るではなく、自虐するでもなく、淡々と〈勇者〉は言った。

「親がいないのも当然だ、とか何とか。私は私ただ一人で、ただ最強の——特異点、だったかな、そういう奴なんだって。よくわからないけど。だから、魔術師とか錬金術師とか……色々な人が来て、私を調べて、〈勇者〉だって言って、あの寺院の地下に修練場を造ったんだよ」

「…………」

「それからは、呼び出されるまでね、ずっと修練してた」

「ずっとって……」

それは一体どれくらいの月日のことか。いや。歳月のことか。

「よく続けられた……ね」

「うん？　どうして？」

「いや、だって……何のためにとか思わなかった？」

記憶がない。親もいない。

『人』として誰かと繋がることも交わることもない。

故にこそ最強の特異点。

徹底的に孤高の――凡俗から孤立した超人。

否、超兵器。

最強を更に、より、強力に仕立て上げるために。

不純物を取り除き、ただ最強たらしめるために。

俗世の汚濁より隔離して教育し、教導し、教練する。

ただそのためだけに。

「私はそのために生まれたんだって言われたから」

誰かを守るためとか。自分が生きるためとか。

頑張るための理由が――この少女には、ない。

では何のために？　そんなことを考える自由すらこの少女には与えられなかったのだ。

徹底的な――洗脳に等しい〈勇者〉教育。

人類全体のための尊い犠牲。

悩まず、裏切らず、ただ、自動的に、魔族を倒す、そのために。

名前がないのも当然だ。

他者と関わることすらこの少女には許されなかった。他者と関わらないなら名を呼ばれる必要もない。ただただその存在理由を体現する呼称――〈勇者〉だけで事足りる。

「そう言われたからって。自分で……おかしいなとは思わなかったの？」

「ああ。それ、それね。〈魔王〉にも言われた」

と〈勇者〉は頷きながら言った。

「誰かに言われたからって何も考えずに従うのはおかしいって。ちゃんと自分で考えろって。考えないのは虫以下だって」

「…………」

その暗殺されたという当代の〈魔王〉も、怖いもの知らずというか……自分を殺しに来た〈勇者〉を懐柔した挙げ句に、そんなことを言うとは。〈勇者〉が激昂《げきこう》して襲い掛かってくるのでは、とは考えなかったのか。

（いや。そんな程度で怒るくらいなら……こんな風にはなってないわけで）

この少女は怒ったことすらないのではないか。

苦痛に対する耐性が異様に高いということは、苦痛を取り除く行動に出るための種火たる感情も――憤怒《ふんぬ》も必要ない。生きていく上で覚えるであろう精神の苦痛ですら、この少女は他者と関わることがなかったが故に、それを感じる力が育っていない。

「考えろって言われたのは初めてだったな。考えるな、感じろとかばっかり言われてきたし……」

それはつまり〈勇者〉が知恵を付けて、余計なことを考え始めるのを防ぐためか。

「ところでクレト・チェンバース？　どうしてそんなことを訊《き》くの？」

「どうしてって――」

と答えに窮してから。

「いや、その前にクレト・チェンバースっていつも姓名《フルネーム》で呼ぶのやめてくれない？」

「クレト・チェンバースなんでしょ？　違うの？」

「違わないけどさ。なんか落ち着かないよ」

〈勇者〉には名前がない。姓がない。

人がこの世に生まれて最初に親から贈られる筈の――愛の証《あかし》がない。

（……僕も……そうだった……）

クレトも名前すらないまま寺院の前に棄てられていたという。

だから寺院の僧侶達が名前を付けた。付けてもらえた。

〈勇者〉にはそれすらない。恐らくは意図的に与えられなかった。

だから〈勇者〉は、そもそも姓と名の区別がついていない。個人を示す名と、家族としての繋がりを示す姓の違いそのものがわからないのだ。

〈勇者〉に姓名ひとまとまりで呼ばれると——呼ばれる度に、それを意識させられて、どうにも落ち着かない。本人にそのつもりはないのだろうが、人間扱いされなかった彼女の生い立ちを繰り返し思い出させられているようで——少し、クレトとしては辛《つら》かった。

「変なの。じゃあどう呼べばいいの？」

「クレトでもチェンバースでもいいけど。片方だけでいいよ」

「ふぅん？」

また首を傾げながら〈勇者〉は——指先でクレトの名札を弄り続けている。何がそんなに面白いのか。クレトの名前が刻まれただけの薄く小さな銅板だ。

ただ——

「……親がいなくたって姓があっても良いよね」

とクレトは殆ど発作的にそんなことを言っていた。

「——え？」

〈勇者〉はクレトの名札を弄る手を止めて眼を瞬かせる。

「親がいないっていうなら僕も一緒だよ。だけど僕はチェンバースって姓を貰った。だから僕はクレト・チェンバースなんだ。君もだから、姓があったっておかしくない」

姓など要らない。唯一無二なら名すら要らない。

多くの一神教の神がそうであるように。

何故なら彼女は〈勇者〉、神が、魔族に勝つために人類にくれた贈り物なのだから。恐らくそう考えたのだろう――〈勇者〉を育てた者達は。

だが……

「家族がいてもいなくても姓はあっていい。たった一人でも名前はあっていい。君は人間で、女の子だから、いつかは誰かと結ばれて家族になることだってあるかもしれないんだから。なくていいわけない」

名前も与えないなんて、それは……最早《もはや》、人に対する扱いではない。

神様だからとか。奴隷だからとか。

自分達とは違うから――自分達に混ざることなんてないのだから、区別するための名前なんて要らない、そう言っているようなものだ。

無論、〈勇者〉を育てた者達も、必死だったのだろう。

魔族との戦争を終わらせるために、一人でも多くの無辜《むこ》の民を救うために、預言の〈勇者〉を文字通り無双の戦士に育て上げるために、人倫をかなぐり捨てて――最も確実で効率の良い方法を模索した結果なのだろう。

ましてや顔も名も知らぬ彼らに、今更、怒りは感じない。

けれど、ただただ――哀《かな》しい。クレトはそう想った。

「…………」

〈勇者〉は不思議そうに何度か瞬きを繰り返していたが。

「じゃあ私にもいつか、誰かが、名前をくれるのかな？」

「……嫌でなければ」

尚《なお》もクレトの名札を指先で弄んでいる〈勇者〉を見て言った。

「僕のをあげる」

「クレト・チェンバースを？」

「いや。それだったら僕と区別がつかないでしょ」

ましてや女の子に男の名前を贈るのはおかしかろう。

とはいえ……クレトは今の今まで誰かに名を贈るなどという立場に自分がなるとは考えてもみなかった。名を付けろと言われても咄嗟には思いつかない。職場にも何人か女性官吏はいたが、彼女らは大抵、姓で呼んでいたので名前まで知らない相手が殆どだ。

「………」

何か――無表情なのだが、じっと何かを待つように、期待するかのように、〈勇者〉はクレトの顔を見つめ続けている。そんな〈勇者〉の眼をクレトは何故か『懐かしい』と感じた。

どこか見覚えのある――無垢《むく》な瞳。

「メルダ・チェンバース。今日からそう名乗ればいいよ」

メルダ……それはクレトが育った寺院で飼われていた、二頭の雌の牧羊犬、その片方に付けられていた名前だった。もう一頭と比べると、あまり愛想のない犬だったが、賢い働き者で、クレトにとっては家畜というより、家族、いや兄妹《きょうだい》みたいなものだった。

犬のメルダもよくこうしてクレトの膝の上に乗っかってきたものだ。

だから――

「それって、クレト・チェンバースが……」

しばらく〈勇者〉は何か考えているようだったが。

「私の親になってくれるってこと？　お父さん？」

「いや、さすがに親はないでしょ親は⁉」

〈勇者〉が幾つなのか正確な年齢はわからないが、見た目で判断する限り、クレトと五歳も離れていないだろう。さすがに親子、は無理がある。

「まあ精々、妹かな」

「妹――いもうと、いもうと、いもうと……」

異国の言葉を覚えようとするかのように、その一語を〈勇者〉は何度も繰り返し呟く。

「クレト・チェンバースの……妹。メルダ・チェンバース。妹……」

「まあ、だから僕のことはクレトと――」

「……クレト、お兄ちゃん？」

「…………」

人類最強の戦士の、無垢な瞳で見つめられながらそんな風に呼ばれて――思わずもう一度クレトは屋根から転げ落ちかけた。やはり〈勇者〉が当然のように手を伸ばし、襟首をつかんで止めてくれたが。

「うん。ありがとう。クレトお兄ちゃん」
〈勇者〉は――否、メルダは、呆れるでもなく怒るでもなく、ましてや嘲《あざけ》るなんてこともなく、穏やかな無表情を微塵《みじん》も揺らがさず、ごくあっさりとした口調でそう言った。

# 第三章　小役人の逃亡

宿屋の廊下を歩いて風呂場に向かう。

すでに時は宵を通り越して夜半である。大半の者が旅の疲れから眠っているのだろう。宿屋の中は静まりかえっていて、足音が殊更に大きく響く――ような気がする。

「…………」

風呂場――宿の共同浴場に辿《たど》り着《つ》くと、その扉を開いて中に入る。比較的小さな宿なので脱衣所は小さく、しかも男女共用である。

近くに火山地帯があるとかで、この宿では温泉が常時掛け流しになっており、朝昼晩を問わずいつでも入浴して良いらしい。もっともこの時間になるとさすがにクレトの他に人の姿はない――

「……って思ってたんだけどね」

傍らをふり返ってクレトは半眼で言った。

「どうしてここにいるかな？」

「お風呂入るから」

と無表情に言うのは、丁度、服を脱いでいるメルダだった。

足音は聞こえなかったが、恐《ふる》らく、クレトのすぐ後ろをついてきたのだろう。彼女にとってはぎしぎしと鳴きやすい旧い板張りの床を、音もたてずに歩くなど、容易《たやす》いことなのに違いない。

人類最強の戦士、預言に謳《うた》われた〈勇者〉。

世間一般では実在すら疑わしい超人で、何となく厳《いか》つい大男を想像していたクレトだが、実際に出会ってみると、これがクレトよりも歳下《としした》の少女だったので大層驚かされた。

しかも何というか、純真無垢《むく》で愛らしい。

成熟には程遠いが、とりあえず胸は膨らみ始めているし胴体にもくびれが生じ始めていて……まあ、女性としての色艶も滲《にじ》み出《で》始める年頃なわけで。当たり前のように隣で全裸になられると、さすがのクレトとしても困ることが多いわけで――

「わかった。僕は外で待ってるからお風呂からあがったら教えてね」

「どうして？　一緒だって言ったよね」

と首を傾《かし》げるメルダ。

「それ……は……一緒に来てくれとは言ったけど」

「あれは嘘《うそ》だったの？　クレトお兄ちゃん？」

と反対側に首を傾げるメルダ。

無表情ながら――いや無表情だからこそ、小鳥を想《おも》わせる無垢な仕草だけに、見る側の心をかき乱す何かがメルダの姿にはあった。やましい部分を抱えている者なら尚更《なおさら》に。

「嘘じゃない——と思う、けど」

「じゃあ一緒にお風呂入ろう。クレトお兄ちゃん」

クレトを揺さぶるつもりなど別にメルダ本人にはないのだろうが、こうも『お兄ちゃん』を連呼されるとそれだけで落ち着かなくなる。寺院で育った時にはクレトが最も歳下だったこともあり、誰かを『兄』と呼ぶことはあっても、呼ばれることはなかったのだ。ぶっちゃけ『お兄ちゃん』と呼ばれる度にどきどきしてしまう。

ともあれ——

「あ……ええと……はい」

クレトとしてはもう頷《うなず》くしかない。

さすがに男としての矜持《きょうじ》もあるので、できるだけ前は——股間は隠して服を脱いでいく。

対してメルダはすでに素《す》っ裸《ぱだか》でクレトの脱衣を眺めていた。

乳房も、股間も、隠そうとする様子がまるでない。特に恥ずかしがるような表情もない。ただ、常に肌身離さず持っている、〈魔王〉の心臓を封じ込めた水晶の首飾りだけが、膨らみかけの胸の谷間で揺れていた。

どうもこの〈勇者〉は羞恥心というものがないようで——というか一般常識に多々欠落があるようで、最初に出会った時も裸の上に襤褸《ぼろ》布をとりあえず羽織っていただけだった。

（まあ……元々服なんてのは、毛皮の代用品だしね……）

毛皮を持たない人間は、他の動物に比べて体温維持だの擦り傷切り傷の防止だのに不利である。その一方で『外皮』を――服を丸ごと取り替えて徹底的に洗うことができるという点で、衛生面では非常に有利だ。

だがこの理屈も〈勇者〉に限っては当てはまらない。

どうもメルダの身体《からだ》には常に『治癒』の法術がかかりっぱなしになっているらしく、ちょっとした擦り傷切り傷ならば文字通りに瞬く間に治ってしまう。体温の維持も同様で、メルダ自身が暑いとか寒いとかと感じれば、勝手に法術が体表に幾つかの空気の断層を形成して、温度変化を緩やかなものに変えるらしい。

だからメルダは基本的に服を着る必要がない。少なくとも実用性という意味では。

とりあえず『そういうもの』と以前、教えられたので最低限、身体を隠す程度に服を着る。だが、そもそも服を着ることに必要性をまったく感じていないので、脱いで全裸をさらすことにもまるで躊躇《ちゅうちょ》がないのである。

（〈魔王〉討伐に出向いた時はどうしてたのやら）

百人の従者が一緒だった筈《はず》だが、その時も素っ裸をさらしていたのだろうか。甲冑《かっちゅう》は着ていたようだが、四六時中その恰好《かっこう》だった筈もないし。

「クレトお兄ちゃん――早く」

言ってメルダがクレトの手首を握ってくる。

「わ、わかった、わかったから、その、痛い、痛いから」

「……ごめんなさい」

言ってメルダが手を離す。

無表情は変わらず、しかし何となく彼女が気落ちしているように見えるのはクレトの勝手な思い込みか。常識は欠落しているが、基本的にこの少女はとにかく素直で、悪意というものもないのだ。

「あ。いや、気をつけてくれれば、いいから……」

股間から外れかかっていた布を再び手で押さえながらクレトは言った。

「わかった。気をつける」

「あ、うん。ありがとう」

「だから早く入ろう」

とメルダはやはり急《せ》かしてくる。

「わかったよ」

色々諦めてクレトはメルダと共に風呂場に通じる扉に手を掛けて――

「――っ!?」

次の瞬間、扉は勝手に自ら開いていた。

しかもクレトの視界が何か柔らかいものに覆われて――

（あ、柔らかい………）

そんなことを思うクレト。

何か暖かくて柔らかなものが、クレトの顔を覆うというか、左右から挟むかのよう……

な…………

「…………」

「…………」

風呂場から漂い出てくる湯気と共に——横たわる沈黙。

形容しがたい空気の中で、凍り付いているクレトの脇から——

「……乳魔族」

「だカラ乳魔族、違ウッ‼」

メルダに指さされて咄嗟《とっさ》に硬直が解けたのか、魔族の娘——ミユリが悲鳴じみた声で言い、跳ねるように後ずさった。

それでも声量自体は抑えているのは、今が夜中だからか。ある意味、メルダよりも余程に常識人である。人類ではなくて魔族だが。

「あ、えと、す、すみません⁉」

クレトも硬直が解けて、彼女から眼《め》を逸《そ》らしながらとりあえず謝った。

(ぼ、僕は……ミユリさんの胸に、胸に、顔を、埋めて……⁉)

出会い頭にぶつかってしまい、そういう意図はなくとも、彼女の胸の谷間に顔を押しつけたことになるわけで。

確かにメルダが『乳魔族』なんぞと呼ぶように、ミユリの胸は大きい。まだ成長途中といった感じのメルダと比べれば尚更にその大きさが印象に残る。しかもミユリはクレトよりも身の丈が頭一つ分以上高いので、真正面から向き合うと、クレトの視線の高さに丁度、彼女の乳房が来るわけで――

「ど、どうシて――」

「あ、いや、夜中なら一人でゆっくり入れるかなって――」

と言ってからクレトは気がついた。

ミユリがこの夜中に風呂場にいたのも同じ理由だ。魔族である彼女は、裸になればその素性を偽ることも隠すこともできない。クレト達《たち》はともかく、他の客がいる時間には、とても風呂には入れないだろう。

「えっと、その、ごめんなさい」

クレトはとりあえずもう一度改めて頭を下げた。

「クレトお兄ちゃん」

「――なに？」

「なんだか腫れてるけど、大丈夫？」

「腫れ――へあっ⁉」

いつの間にかしゃがんでいたメルダが今にも触れんばかりに指さしているのは、メルダの、そしてミユリの裸体を目撃してしまったことで、血が集まって膨張している、クレトのとても大事な部分だった。

一人の犬好きである以前に、クレトも一人の男性なわけで、無防備な乳房を眼の前に出されれば……ましてやその谷間に顔なんか埋めたりすれば、まあ、股間が反応してしまっても不思議はない。

寺院で僧侶としての修行をしていた時には、その手の欲望を抑える術を学べと何度も言われていたが、正直、その種の修練は寺院を離れた後は面倒臭くてやっていない。

「さすろうか？」

上目遣いにそう尋ねてくるメルダ。

「やめて⁉」

色々な意味でメルダにさすられた日には、まずいことになるのは明白だった。場合によっては握り潰されかねないし、そうでないならそれはそれで、別の言い訳がきかない状態になったりもするわけで。

「…………」

一方、ミユリはといえば――胸と股間を左右の手で隠しながら、しばらく、その碧《あお》い眼を瞬《まばた》かせていたが。

「……私……に対シて……発情ヲ？」

「あ、いや、ま、その、ええと」

この場合『してません』と言うのが正しいのか『してます』と言うのが正しいのか。

『興奮なんかしてない』と言えばミユリに女性としての魅力がないと言っているようなもので、まずい気がするし、『してます』と言えばそれはそれで、隙あらばミユリに性的なことを仕掛けたいと企《たくら》んでいると想われても仕方ないわけで。

「人類に発情されても気持ち悪いだけかもしれませんが……」

正解がわからない場合にはもう、素直に答えるしかない。その上でミユリが怒るようなら土下座してでも謝るしかなかろう。

幸い、土下座することにクレトはあまり抵抗がない。そもそも文化が異なるであろう魔族に土下座が『効く』のかどうか、その『意図』が通じるのかどうか知らないが。

「え？　あ、まあ、その、はい、ごめんなさい、がっつり胸を見てしまいました」

「私……の、裸、ニ、対シて？」

「胸……ニ？」

「——え？」

「尻尾でハなク？」

「…………」

言葉の意味を頭の中でしばらく斟酌《しんしゃく》してから。

「いや、いやいやいやいや⁉」

慌ててクレトは首を振った。

「ち……違っ……ぼ、僕は尻尾に欲情するわけじゃ……！」

先日の『取引』の際、ミユリがクレトを『変態』と言った意味がようやくわかった。

「も、勿論《もちろん》、その、ミユリさんの尻尾はすごく柔らかくて、触るともふもふで、もうそれだけで幸せな気分になったりしますけど！」

「……そうなの？」

「そうなんだよ！」

と横から尋ねてくるメルダに力説するクレト。

「もういつまでも触っていられるっていうか、匂い嗅いでられるっていうか、でも尻尾の良さは、まあ、その、劣情とは関係ないというか……！」

などとクレトが必死に釈明していると。

「……そウでスカ」

と意外にも怒る様子はなく、ミユリは何やら考え込む様子で。

「先日のことがあルノだから……そんナことないト……思っていマした……デも……私のようナ……薄毛の醜女《しこめ》でモ……人類は発情すルノでスね」

「――は？」

一瞬、意味がわからず間の抜けた声を漏らしたクレトだが。

醜女。醜い――女。

（薄毛？　ってまさかそれって）

クレトが初めて直《じか》に出会った魔族はミユリであるから、魔族の『標準』がどういうものなのかわかっていない。ひょっとして魔族はもうちょっと、獣っぽく、全身に産毛《うぶげ》どころか獣毛がはっきり生えているのが基本なのか。

でもってその基本から外れているから——ミユリは、醜いと？

(僕がこの間、彼女を押し倒さなかったのも、彼女を醜いと思ってたから……って勘違いされてた⁉)

単にミユリが女性だと意識する前に、尻尾と獣耳に夢中になっていただけなのだが。

「チェンバース殿は……やハリ……変態……」

「いやいやいやいやいや、人類は薄毛が基本ですから‼　まあ毛深い人もいますけど！」

言い掛かりのような変態認定に慌ててクレトはそう反論する。

「大体、趣味なんてそれぞれでしょう！　世の中には樹《き》の切り株に欲情する人だっているんですから！　あのぐるぐるの、でも真っ平らの年輪がすごくイイとかなんとか——」

僧侶として寺院に勤めていた頃、信者からその種の告白を受けて、世の中は広いと驚いたというか、どう答えたものかと困った記憶があるが。

「クレトお兄ちゃん？」

メルダが脱衣所の壁に使われている木の板を——そこに残っている節穴の一つを指さしながら首を傾げてくる。

「僕が木の切り株とか節目に欲情するって話じゃなくてね⁉」

「そうなの？」

「そうなんですっ！」

「というか欲情ってなに？」

「そこからっ⁉」

もう何が何やら。

「…………って。ミユリさん？」

そこでふとクレトは気付いた。

ミユリの――いつも強張《こわば》ったままだったその表情が、ほんの少しだが緩んでいる。安堵《あんど》しているというほどの緩み方ではないし、まだ笑顔と呼ぶにはあまりに浅い表情であったが……

「はイ、何でスか？」

と――呼び掛けることでまた警戒させてしまったのか、再び表情を強ばらせるミユリ。

「いや。あの。ええと……」

今、笑ってましたか？　と問うのも、野暮なような気がする。

「……私、もウ出まス」

そう言ってミユリはクレトの横を通り過ぎると、脱衣所の隅に、折り畳んだ外套《マント》の下へ隠すようにして置かれていた衣装を手に取った。

外套の下に着ている彼女の衣装は、魔族の文化様式に沿ったものなので、万が一にも誰かに目撃されるとまずいと隠してあったのだろう。

「〈勇者〉……と……ごユッくり」

魔族の衣装を着るのは手間が掛かるのか、ミユリは素っ裸の上にまず外套を羽織ると、そう言い残して脱衣所を出ていった。

「お兄ちゃん」

とクレトの前に回り込んできて首を傾げる、全裸のメルダ。

「お風呂、入ろう」

「………そうですね」

もう逃げる言い訳を考えるのにも疲れて、クレトは首肯した。

●

結論から言えば——クレト・チェンバースは逃げ損ねた。

正確にはまだ逃げられていなかった。

〈勇者〉メルダを説得し、彼女ごと〈魔王〉の心臓を手に入れたのは良かったが、メルダが少し勘違いをしていたせいで、クレトは彼女とずっと一緒に行動せねばいけない形になってしまったのである。

メルダは相変わらず無表情だが、何故《なぜ》か——本当に何が理由かわからないが、クレトにしっかりと懐いたようで、ずっとクレトのことを『お兄ちゃん』と呼んでついて回る。

食事は勿論、便所や風呂にまでついてくる。寝る時まで——さすがに同衾《どうきん》はしないが、同じ部屋に入ってきて隣で眠る。

四六時中監視されているようなもので、当然、逃げ出す隙などあろう筈もなく、強引に逃げようものなら、メルダがどんな反応を示すか、わからない——というか何となく想像がつくから、余計に行動に移すことができない。

そんな状態でクレト達は、魔族領域に最も近い位置にある都市——イマルに呼び出され、彼の地で下準備をしているというもう一人の『仲間』と合流するようにと命じられたのだ。

途中でまた逃げ出す隙もあるのではないかと思いつつ、馬車を乗り継ぐこと二回、三日を掛けてクレト達は都市イマルに辿り着いた。

辿り着いてしまった。逃げられないままに。

そして——

●

宿に泊まって、馬車に揺られ通しの旅の疲れを少し癒やして——翌日。

クレト達は予《あらかじ》め報されていた、『五人目の仲間』に合流するために、都市イマルの片隅にある倉庫街へと出向いた。そこで仲間と会うのみならず、魔族領域を旅するための準備を最終的に整える、とのことだったのだが。

「…………」

眼の前に停《と》められているその『乗り物』にクレトは呆然《ぼうぜん》としていた。

馬車──なのだろう。多分。

少なくともこれを用意した者はそう認識されることを期待している筈だ。

実際、牽引《けんいん》されるべき『車』の部分は通常の馬車と大差ない構造になっている。車輪が三対、六つというのはクレトにしてみれば珍しいが、魔族領域ではこれが主流であるらしい。

「なんですかこれ……」

クレト達が今いるのは……倉庫街の中でも一際大きく旧い倉庫の中だ。

本来ならば大量に備蓄資材が保管されている筈のそこは、今、ほぼ空っぽの状態である。老朽化が激しいために、中の資材は全て別の倉庫に運び出され、しばらく前から立ち入り禁止になっているのだという。

件《くだん》の馬車──のようなものは、その真ん中に停められていた。

「勿論、馬車ですよー。魔族領域仕様ですけどー」

方言なのか何なのか──語尾を伸ばしてのんびりとした口調でそう告げてくるのは、馬車の横に立っている少女だった。

ミルドレット・レッドグレイヴ。

横に伸びる長い尖《とが》り耳と──どこか猫を想わせるその瞳を見ればわかる通り、彼女は人類の中でも森人《エルフ》と呼ばれる種族の一人である。

小柄で背丈はクレトと大差ない。

すらりとした細身に身体の線が如実に出るような伸縮性の高い暗色の肌着を帯びて、その上から更に前掛けのような布と革製の腰帯《ベルト》を着け、最後に袖がやたらに大きな上着を身につけている。

この上着……丈はやたら短い上に、右が長袖、左が半袖で左右非対称になっているのは、密林内での活動や、弓を射る際の取り回しを考慮してのことか。

（この人が……歴戦の猟兵？）

ミルドレットは元々は狩人《かりゅうど》だったそうだが、森林地帯で活動する技能を買われ、猟兵として——つまり遊撃兵として後方攪乱《かくらん》や偵察を幾度となくこなしてきたらしい。魔族領域を孤立無援の状態で進むにはこうした技能の保持者が必要という話だった。

ダンカンと同様に経験を積んだ優秀な兵士——である筈なのだが。

（森人って僕らとは歳の取り方が違うって話だけど……）

どこからどう見ても子供だ。

銀髪に翡翠《ひすい》色の瞳。よく整った目鼻立ちのせいで、まるで精緻な人形のようにも見える。美人か否かと問われれば間違いなく前者だが、『可愛《かわ》い』と評した方が彼女の雰囲気は正しく伝わるだろう。

実年齢よりも幼く見られるという経験はクレトも何度となくあるが……ミルドレットの

場合はそういうのとは根本的に違う気がする。森人は少数種族なのでクレトも会うのは実はこれが初めてだったが。

「どうしましたかー？」

と首を傾げる仕草も無垢な小鳥のように愛らしい。

とはいえ、『危険な魔族領域の旅における案内役』として彼女を見た場合、信頼感よりは不安の方が先に立ってしまう。しかもその喋《しゃべ》り方のせいか、緊張感がないというか、全体的にのんびりと緩んだ感じで、尚更に頼りない印象だった。

命綱だと手渡されたものが、どう見てもすぐ切れそうな、装飾用の細い飾り紐《ひも》でしかないような違和感。

とはいえ、それを本人に指摘するのはクレトとしても躊躇《ためら》われた。見た目が幼いのはクレトも同じで、あまり他人をどうこう言えた義理ではない。なので――

「いや、あの、魔族領域仕様って……」

などととりあえず誤魔化す方向に話題を振ってみる。

「魔族領域では独角馬《ユニコーン》が普通ですからー」

ミルドレットは淡い笑顔で指を一本立ててそう説明してきた。

「内地の人は見慣れないかもしれないですけどー」

「そうではなくてですね。なんで馬が服着てるんです？」

そう。その四頭立ての『馬車』に繋《つな》がれた『馬』――ミルドレットが言うところの独角馬は、服を着せられていた。それも全身隈無《くまな》く――地肌が殆《ほとん》ど見えないほどに。頭部には仮面が被《かぶ》せられ、頭部の角でさえも保護用の革の鞘《さや》が被せられている状態だ。

何故そんな風になっているかというと……それが実際には馬ではないから、である。

着せられている服の布を少しめくってみると、中に見えるのは鋼鉄の構造体だ。軽量化のためか、表面にはあちこち穴があけられていて、中で忙《せわ》しなく歯車だの何だのが動いているのが見える――

「これって……動像《ゴーレム》ですか？」

錬金術師達が造り、魔術師が命を吹き込むとされる、機関《カラクリ》仕掛けの疑似生物。

遠目にはそれらしく仕立てられてはいるものの、間近に近寄って見ればそれが、本物の馬でないことはすぐにわかる。ましてや本物の馬はカチカチと音をたてたりはすまい。

「本物の独角馬は気性が荒いのでー、用意することができませんでしたー」

やはり緊張感皆無の口調でそう説明してくるミルドレット。

「それは……わかりますけど、本物の独角馬は服とか着てないんですよね？　これ、無意味に目立ちませんか？」

「大丈夫ですー。どんと来いですよー？」

とミルドレットは謎の自信を見せてそう断言してきた。

「…………まあ、遠目にはわからんだろ」

と腕組みしつつ、半ば諦めの口調で言ってくるのは、ダンカンである。

「軍馬には鎧《よろい》付けることもあるしな」

「そう……なんですか？」

「ああ。基本、街中だの何だのに入らなければ問題あるまいよ」

とダンカンは言った。

「魔族領域にも動像はあるから、バレたらバレたで知らんぷりを押し通せば良い。動像の馬を使ってるから即、人類——なんて判断されるわけでもないだろう」

「そうなんです？」

クレトはダンカンとは反対側、自分の左にいるミユリに尋ねてみる。

「……そウですね。魔族領域にモ、動像、ありマす」

とミユリも頷いた。

ちなみにここではミユリは頭巾をとり、外套も脱いでいる。

勿論、尻尾も獣耳も露出していて——思わず触りたくなって手を伸ばしかけては自制しているクレトであったが、まあそれはさておき。

「では問題ないですねー」

とミルドレットは言うと——馬車の横に幾つか積まれている木箱の前にしゃがみ込む。

すでに旅に必要な食料をはじめとする資材は馬車に積まれているという話だったが、してみるとこの木箱は何なのか……？

「では次に皆さんの変装道具も揃《そろ》えちゃいましょー」

「人類、いたラ、すぐニ、捕まリマすかラ」

「変装？」

と言うのはミユリだ。

彼女がわざわざ頭巾で耳を隠し、外套で尻尾を隠していたように……人類と魔族は共通部分も多い一方で、一見して人類か魔族かを判断できてしまう外見的差異がある。

これから魔族領域に入ろうというクレト達の場合、ミユリとは立場が逆転するわけだ。

勿論……〈勇者〉のメルダや、それなりに戦闘力が高いであろうダンカン、ミルドレットがいれば、即座に殺されることはないと思うが……そもそも今回の旅は戦闘が目的ではない。

効率という意味でも、避けられる戦いは避けていくべきだ。

故に――

「魔族、なッテ貰《もら》うのが安全でス」

「魔族になるって――」

「――あ。耳だ」

と勝手にミルドレットの横から木箱の中を覗《のぞ》き込《こ》んで言うのは、メルダである。

彼女が木箱の中から引っ張り出したのは、獣のような耳――それだけだった。半円状の土台に二つ、ミユリのとよく似た形の『耳』がくっついている。三角形で毛が生えていて、内側には白く柔らかい和毛《にげ》も備わっていた。芸が細かい。

「ちょっと待て。まさか」

と身構えているのはダンカンである。

「俺にもそれを――」

「はいー」

と緩い笑顔で頷きながら、ミルドレットはその森人特有の長耳を頭布を巻いて隠した上、そこにどこからか取りだした獣耳の髪留めを付けてみせる。彼女の場合、以前からそうした変装は何度もしているのか――付ける仕草も自然なら、付けた姿もまた何の違和感もない。

「ちゃんと尻尾もありますよー」

「本当だ。沢山あるね」

「あー………」

クレトはメルダが次々と木箱の中から取り出す『変装』用具を見て溜息《ためいき》をついた。

獣耳とか。角とか。尻尾とか。鱗《うろこ》とか。

大抵の場合に魔族は人類に比べて何かが『過剰』なのだそうだ。

だから魔族が人間社会を歩こうとする場合には、その容姿を丸ごと隠すしかないわけだが、逆に人間の場合は『追加する』だけで魔族らしく装うことができるという寸法だ。

「クレトお兄ちゃん」

メルダが駆け寄ってきて両手にまとめて鷲《わし》づかみにした幾つもの獣耳だの尻尾だのを見

せてくる。獣耳だけでも毛の色、大きさ、形、と色々取りそろえられているようだった。

「ちゃんと動くようにもなってるんですよー」

とミルドレットが言いながら、自分の頭部に付けた獣耳をぴくぴくと動かしてみせる。

どうやら細い細い糸がついていて、服の内側を通し、手の指輪で操作できるらしい。恐らくは尻尾も同様だろう。

至れり尽くせり——なのだろう。多分。

「どれがいい？」

じっとクレトの眼を見つめながら無表情に尋ねてくるメルダ。

「え、あ、いや、あの」

自分やダンカンが獣耳や尻尾を付けた姿を想像して怯《ひる》むクレト。

元々備わっているミユリは勿論だが、ミルドレットも獣耳を付けた姿は実に愛らしく、違和感がないのだが——クレトとしてはそういう女性陣の『付け耳』を先に見ているので、男である自分やダンカンがそうしたものを付けることに違和感を感じざるを得ない。

というかぶっちゃけ可愛くない。多分。恐らく。きっと。

勿論、魔族には男性もいるわけで、そうした連中を見慣れているなら、クレトやダンカンの獣耳もそう違和感がないのかもしれないが。

「どれがいい？」

繰り返し問うてくるメルダから——何か『圧』を感じる。

「あ……ええと」

「……クレトお兄ちゃん？」

首を傾げるメルダ。

「私と一緒に、魔族領域に行くんだよね？」

「……あ。えっと、うん、勿論、だよ、勿論、だけど、ね？」

「だったらちゃんと変装しないと危ないから」

「そう……そうか、な。ええと、じゃあ、そっちの角——とかかな？」

獣耳よりまだそっちの方が自然な気がする。

クレトはそう想ったのだ——が。

「チェンバース殿ハ……」

不意に会話に割り込んできたのは、ミユリだった。

彼女はその手にクレトの髪と同色の獣耳がついた髪留めと、同じく同色の毛の生えた尻尾を持っていた。

「こちら……似合うト思いマす……」

「え？　あ、いや、そ、そうか……な？」

「ねえ、ねえねえ、乳魔族」

「だから乳魔族、違ウ、でス……」

半ば諦めているのか、メルダに向かって怒る様子はないが——

「クレトお兄ちゃんを、チェンバースって呼んだら駄目だよ。私もチェンバースだから一緒になっちゃう。ややこしいよ」

「…………」

眼を丸くしてミユリはしばらくメルダを見つめていたが。

「ク……クレト……殿？」

眼を伏せ、何やら躊躇するような口調で、ミユリはそう言ってきた。

「あ……ええと、はい」

名前で呼ばれると何やらこそばゆい。

まあミユリと親睦が深まったと考えるなら、良《い》いことだとは想うが。

（いやまあ、どこかで抜けるなら親睦も何もないんだけどさ）

などとクレトが考えていると――

「尻尾は下着に付けるのとー、お尻の穴にねじ込むのとがありますよー」

と――まるで空気を読まない感じでミルドレットが口を挟んでくる。

「オススメはお尻の穴の方でー、万が一に下着が破れても偽尻尾だとばれにくくてー」

「下着の方で！」

と咄嗟にそう答えてから、ダンカンの方を見ると。

「き……貴様……」

彼は――獣耳の髪留めと、尻尾を手にしたミルドレットに壁際へと追い詰められていた。

彼もやはりそれは自分には似合わないと想っているのだろう。じりじりと近づいてくるミルドレットに対し——彼女が手にした『変装道具』を前に、表情が恐怖にも似た形に引《ひ》き攣《つ》っている。

「さあ、リンデン卿《きょう》ー」

一方で、ミルドレットは何やら愉《たの》しそうだった。

「皆で一緒に獣になりましょうねー」

「ちょ、やめ、や、おい⁉」

一方——

「——お兄ちゃん。早く変装して」

メルダはメルダで、ミユリから獣耳を受け取って有無を言わせずクレトの頭に被せてくる。どう見てもクレトより細い腕、細い指なのに、一度つかまれると微塵《みじん》も動けない。クレトはただただ彼女のなすがままに獣耳をつけられてしまっていた。

「うん。似合うよ」

と言うメルダはやはり無表情のままなのだが。

「…………うッ……？」

「……ミユリさん？」

ふり返るとミユリが何やら必要以上に近くにいた。

というか彼女は何やら両手を、下ろすでも上げるでもない、中途半端な高さに掲げてい

て——若干、背中も丸め気味な感じで。

まるで今にも襲い掛かりそうな、そんな印象で。

（いやまさか。彼女に限って）

とクレトは思ったのだが。

「——っ⁉」

次の瞬間、クレトは既視感のある状況に陥っていた。

即《すなわ》ち視界一杯に柔らかで温かな何かが広がって、何というか、やたら幸せな気分にさせられてしまって——いや。それだけならばまだしも。

「ちょっ……⁉」

「んン〜んン〜」

クレトの頭を、獣耳ごとひしと胸元に掻《か》き抱《いだ》いたミユリは、それだけでは足りないとばかりに、彼の頭部に頬摺《ほおず》りをしていた。

「ちょ……ミユリさん⁉」

驚きのあまりに悲鳴じみた声をあげるクレト。

「——はッ⁉」

我に返った様子で、慌ててクレトから身を離すミユリ。

彼女は両手で胸元を押さえながら、顔を真っ赤にして首を振った。

「〜〜〜〜ッ、いエ、違、違うのデす」

前半、意味不明の言葉だったのは魔族語か。

「あマりニ、クレトさンが――そノ、可愛……つイ……」

しどろもどろな感じでそう言い訳するミユリ。

「……そノ……すごク似合っテるでス、耳……」

「あー…………えっと、ありがとうございます？」

とクレトは曖昧に笑顔を取り繕いながらそう礼を言った。

どうやらミユリはミユリで、獣耳を付けたクレトの姿が何というか――『ツボ』であったらしい。いきなり抱き締められたのには驚いたが、ミユリの尻尾にしょっちゅうモフモフしそうになっているクレトとしては、あまり彼女に文句を言えた義理ではない。

一方――

「よ、止《よ》せ、やめろ、俺は――」

「リンデン卿、騎士ならば覚悟を決めてくださいねー」

などと言いながらミルドレットは両手に持った尻尾と獣耳を高く掲げ、ダンカンに近づいていく。その姿は――獣耳と尻尾を彼女が付けているということもあってか、獲物に襲い掛かる瞬間の肉食獣のようにも見えて。

「なんの覚悟だ何の⁉」

「まずお尻を出してくださいよー。うふふふ」

「し……尻⁉」

「痛いのは最初だけですからねー」

「ちょっ……おい、待っ……」

などと言いつつ、壁際に追い詰められるダンカンを見て——

「……楽しそうで何より」

そう言ってクレトは溜息をついた。

●

寝台の上でメルダは規則正しい寝息を立てていた。

「…………」

クレトが隣の寝台で身を起こしても彼女が眼を開ける様子はない。

慎重に——床の軋《きし》みや衣擦《きぬず》れの音さえ出さないようにと気をつけながらクレトは寝台から下りると部屋を抜け出した。

(……ごめんよ、メルダ)

心の中でそう謝る。

彼女を残していくのには罪悪感を感じもしたが——逃げ出すとすれば、もう今晩が最後の機会だった。

明日の朝には、昼間見たあの馬車に乗って出発することになる。

そしてこの都市イマルから馬車で一日ばかり東に行けば、そこはもう人類領域と魔族領域の緩衝地帯である。それは即ち境界線が——人類対魔族の戦争における最前線が揺れ動いている地域であり、いつ戦闘が起きてもおかしくはない場所ということだ。

いくら魔族の一行に偽装するといっても、安心はできない。戦時中なのだ。戦闘はクレト達の事情なんぞとはまるで関係なく勝手に発生する。

そしていざ戦闘に巻き込まれれば戦闘の技能も、戦場で身を守る術も持たないクレトは瞬く間に死んでしまうだろう。

場合によってはメルダやダンカンの足を引っ張って——だ。

それよりは今のうちに逃げ出しておいた方が皆のためにもなる。そんな言い訳を胸の内で自分に向けて唱えながら、クレトは足音を殺して宿屋二階の廊下を歩いていく。

部屋を出ても安心はできない。

階段に近い部屋にはダンカンが泊まっていて、しかも彼は扉を開け放しにしている。昨晩クレトが用足しをするために一階へ下りようと、彼の部屋の前を通りかかったら——途端に眼を覚まして『どうかしたか？』と尋ねられた。

眠りが浅いのか耳が良いのかその両方か。

あるいは気配とも言うべきものを感知する術を身につけているのか。

いずれにせよ真っ当な方法で一階に下りようとすればダンカンに気取られてしまう。なのでクレトは一階を経由せず、窓から直接に宿屋の外に出ることにした。

勿論、自分達に宛《あて》がわれた部屋から、ではない。

迂闊《うかつ》に窓を開けようものなら、夜風が吹き込んできたりして、メルダが起きてしまう可能性が高い。自分達の部屋からではなく、一旦、空き部屋か、あるいは廊下を経由してその窓から外に出るしかなかった。

一番奥の部屋が空き部屋だというのは確認済みだ。

クレトはこっそりその部屋に入ると、窓を開けて——馬車の荷物の中からちょろまかし、もとい借り出してきて予め空き部屋に持ち込んでおいた縄を、比較的重そうな寝台の脚に結びつける。

二階からなら万が一にも縄が途中で解けたとしても、落ちて大怪我《けが》をする可能性は低いだろう。むしろ本当に大怪我ができれば、それで堂々と魔族領域への旅から抜けることもできる筈だった——が。

「夜中に壁面の昇降訓練ですかー？」

「——っ⁉」

唐突に掛けられた声に——びくりと身を震わせて硬直するクレト。

恐る恐るふり返ると、そこには下着姿のミルドレットが立っていた。

恐らく眠っていたのだろう。窓から入ってくる月光に、白く華奢《きゃしゃ》な肢体が浮かび上がって——

「……レッドグレイヴさん……？」

昼間、自分が抱いたミルドレットへの印象が大変な間違いであるのだとクレトは知った。

下着姿の彼女は今、その胸と股間以外は惜しげもなくクレトの眼にさらしているわけだが……驚いたことにその身体は、腕にも肩にも足にも脇腹にも、幾つもの生々しい疵痕《きずあと》が刻まれていた。大きなもの、小さなもの、旧いもの、新しいもの……見ているだけで痛々しいというか、辛《つら》くなってくるほどに、幾つも。

それはダンカン同様、歴戦の兵である証《あかし》だ。

「ミルドレットでいいですよー。〈勇者〉のことはメルダって呼んでるでしょー?」

言いながら愛らしい森人はクレトに近づいてくる。

「あれは……僕もメルダもチェンバースだから仕方なくと言うか」

「あの魔族の娘も名前で呼んでますよねー?」

「彼女は、その、同じ姓の人が多い所で育ったとかで、名前で呼ばれた方が違和感がないと……」

「一緒に危険な旅に出る仲間じゃないですかー。私だけ他人行儀な呼び方されると傷つきますよー」

「いや、リンデン卿はリンデン卿と呼んでますけど」

「そういえばそうですねー?」

とミルドレットは凍り付いているクレトのすぐ傍《そば》までやってくると、右手を伸ばしてクレトの頬に掌《てのひら》を宛がってきた。ただそれだけのことなのだが、その仕草が——彼女が革製

の黒い下着をつけているということもあってか、妙に淫靡《いんび》な雰囲気が漂っていた。

幼い容姿という意味ではメルダとも大差ない筈なのに、ミルドレットは……何かが違う。細かな仕草の一つ一つが妙に艶っぽい。見た目は少女でも実際にはクレトよりも歳上であるからか。

「ちょっ……ミルドレット……さん？」

「ひょっとして逃げるんですかー？」

「――！」

図星を突かれて息を呑《の》むクレト。

「そりゃあ逃げますよねー」

ミルドレットはといえば――緩い笑顔のままである。

何を考えているのか、わからない。まったくわからない。ある意味でそれは、無表情のメルダや、いつも表情を強ばらせているミユリよりも、遥《はる》かに不可解な顔だった。

「魔族領域にたった五人でとかー……自殺行為ですもんねー」

「ミルドレットさん……？」

「命あっての物種ですしねー。そもそもクレトさん、兵士でも何でもないんですしー」

そうミルドレットは顔を寄せてクレトの耳元に囁《ささや》いてくる。

彼女の奇妙に湿った吐息がクレトの耳朶《じだ》をくすぐって――

「見逃してあげますよー」

「――え」

「そもそも、この旅自体が無駄なんですよー、多分ねー。無駄なことに付き合って命落とすことはないですよー」

「それは――」

「クレトさん、実際に戦争とか見たことないですよねー？」

「実際にって――」

「人類と魔族の殺し合いー。命の取り合いー。火花を散らしての剣のぶつけ合いとかー、雷の魔法でばらばらにされた骸《むくろ》とかー、飛び散る血とかー、焼け焦げる肉とかー、途切れる罵声とかー、そんなのー」

さらりと――殊更に深刻そうな響きもなく、ミルドレットはそう言ってきた。

「リンデン卿はあの魔族の娘を毛嫌いしてますけどー、当然ですよねー。今まで殺し合いしてきた相手ですしー。今も戦争は続いてますしー。この百年間でー、何万人、何十万人、何百万人、死んだかわからないですよねー。親とか兄妹《きょうだい》とか恋人とか、殺された人、どれくらいいるでしょうねー？」

「…………」

クレトやメルダのような――孤児ならばともかく。

大抵の者には親がいて、子がいて、兄弟姉妹がいて、友人がいて、恋人がいて。

一人の誰かがいれば、その誰かが大切な人達が、何人もいて。

百人が死ねば千人が、あるいは万人が、悲しみ、怒り、憎み、恨む。

自分の大切な誰かを奪った者を、許さない。我慢ならない。

奪われた。だから奪い返す。

苦しめられた。だから苦しませる。

そうやって帳尻を合わそうとする。

自分の中の――心の帳尻を。

「捕まって拷問とかされた人だっているんですよー、焼きゴテを押しつけられたりとかー、指と爪の間に刃物刺されてこじられたりとかー」

「…………」

それはひょっとして……ミルドレットの実体験だったりするのか。

「終わるわけないじゃないですかー。実際に戦争してる本人らがー、そんなの許すわけないじゃないですかー。だから講和を結ぶって言い出した〈魔王〉も暗殺されたんですしー」

「それは――」

その通りだろう。

「言葉一つ、約束一つで、戦争なんて終わらないですよー」

ミルドレットの華奢な指がそろそろと――蜘蛛《くも》のようにクレトの頬を這《は》って、唇に達する。黙って、最後まで聞いて、と言うかのように指先がクレトの口を押さえていた。

「片方かー、お互い両方かー、もう戦争できないってくらいに駄目になるまで――やりたくてもう無理ってなるまでー、こんなの止まらないですよー。だから今回のこれは無駄ですー。そんな無駄なことに付き合ってー、本来、無関係だった貴方《あなた》が死ぬことはないでしょー?」

「………」

確かにクレトは家族や親族、親友や恋人、そういった者達を奪われてはいない。

戦線から離れた、いわゆる内地で——裕福でもなかったが、比較的安全な人生を送ってきて。たまに貧しくて飢えることはあっても、命の危険を本気で感じることは少なくて。

だからクレトにとっての戦争はどこか遠くの他人事《ひとごと》だ。自分の命を賭けて——命を捨ててでも終わらせねばならない、なんて思えない。

「行って良いですよー。他の人にはとりあえず誤魔化しておきますからー」

とミルドレットは囁くと、するりと音もなく身を離して微笑《ほほえ》んだ。

「命を大事にねー。逃げられるなら逃げて良いんですー」

●

都市イマルは緩衝地帯に近い場所にある。

軍の駐屯地は他にもより魔族領域に近い場所に数ヵ所あるが、イマルよりも魔族領域に近い街は存在しない。いわば対魔族戦争における最前線の街、それがイマルだと言っても過言ではなかった。

過去には何度か魔族側が侵攻してきて占領されたことがあり、その際に魔族が造った建物や施設も幾つか残っている。人類側がイマルを奪還した後は、壊されてしまったものもあるが、そのまま再利用されているものも少なくない。

このため――イマルの街並、その景観は、混沌《こんとん》としていて統一感というものに欠ける。

街の道路ですらぐねぐねと曲がっていたり、あちこちに行き止まりがあったりで、迷宮めいた状態となっていて、地元の者ですら道に迷うことが多々あるという。

なので当然といえば当然――

「………というか、ここ、どこ」

クレトは宿を出て早々、道に迷っていた。

「間抜けだ……いっそ一旦宿の近くまで戻ってから……って、どう戻るかもわからないか」

月が出ているので夜道は比較的明るく、各所に街灯も点《とも》されているので、歩き回るのに苦労はないが……そもそも自分がどこにいるのか、どっちに向かって歩けば良いのかもわからない状態だ。

それ以前に――

（……逃げた後でどうするかとか考えてなかったしなあ……）

王都に戻っても、もう官吏の職に就くことはできないだろう。

（……いっそ……難民に混じるとか……）

あるいは王都を出て、かつて自分が住んでいた寺院の跡に行って暮らすか。すでに伽藍《がらん》は廃墟《はいきょ》と化しているだろうが、一部でも屋根や壁が残っていれば、雨風を凌《しの》ぐ程度のことは可能だろう。泥水を啜《すす》るとか、野草や茸《きのこ》を探して食いつなぐとか……それなりに苦労はあるだろうが、死ぬよりは遥かにマシだ。

(まあ……それ以前にどうやってこのイマルから出るか、だけども)

都市間を結ぶ駅馬車は危険なので夜中には出ていないし、もしクレトが逃げたとわかればダンカンはまず駅馬車の発着場を見張るだろう。それとも『所詮は小役人』と呆《あき》れてそのまま見逃してくれるだろうか。

いずれにせよ、すぐに駅馬車の発着場に向かうのは得策ではない。

ならばとりあえず何日かどこかに身を潜めるしかない。

幸い、あちこちに廃屋らしき建物はある――

「――あれ？」

通りに幾つか並んだ魔族様式らしき廃屋。

その一つに――灯《あか》りが点っている。

「廃屋じゃ……ない？」

――

火に誘われる虫のようにクレトはその一軒だけ灯りが点っている建物に近づいていく

「――お客さんかい」

「うひえ⁉」

唐突に暗がりから声を掛けられて、思わず身を竦《すく》ませるクレト。

ふり返ってみれば、そこにいるのは小柄な老人だった。

「な……なんです？」

「うん？　お客さんじゃないのかい」

と老人は眉を顰《ひそ》める。

よく見れば老人は――隻眼だった。それだけではない。顔のあちこちに傷跡が残っているし、白髯《はくぜん》で隠してはいるようだが、口の左側が大きく裂けている。そのせいか、常に口の端をつり上げて笑っているかのようにも見えた。

傷そのものは気の毒に思うが、はっきり言って見た目が怖い。ダンカンも相当な強面《こわもて》だがこの老人はそれ以上だ。小柄なお陰で威圧感はある程度相殺されているものの……

「まあしかし、こんな時間にこんな場所をうろついとるんだ。帰る宿があるって風でもないな。とりあえず見ていくか？　――坊主にゃまだ早いかもしれんが」

童顔のせいか、老人はクレトを子供だと思っているようだった。ひょっとして家出でもしてきたと思われているのだろうか。

「え？　あの――何かの店なんです？」

灯りの方を見ながらクレトが問うと――

「うちは『犬小屋』さ」

老人は口髭《くちひげ》の下で歯を剝《む》いて笑った。

●

店の中は——異様な空気に満ちていた。

煙草《タバコ》と、鉄と、油と、そして……言葉にしがたい、何か澱《よど》んだ匂い。

あまり換気されていないのか、換気をしていても追い付かないのか。

「これって……」

「だから『犬小屋』さ」

クレトを案内しながら老人はそう言い、また低い声で笑った。

玄関から奥へと続く一本道の通路。そこを抜けると、広間に出た。

広間——なのだろう。元は。

だが今は後から置かれたと思《おぼ》しき鋼鉄の『籠《かご》』——いや『檻《おり》』が壁際にずらりと並んでいた。そしてそこに入れられているのは……

「——魔族！」

およそ十人余りの魔族だった。

男女が半々で、全体的に年齢は若めだ。人類の外見年齢が当てはめられるなら、だが。

服を剝ぎ取られたのだろう、いずれもが全裸で、更には首に——首輪がつけられていた。

（あれって……ミユリさんの首に巻かれてるあれと同じ？）

恐らくミユリのものと同様、対応する音叉《おんさ》か何かを間近で鳴らせば、織り込まれた金属繊維が収縮して首が絞まる仕組みだ。

（……っていうか、ミユリさんが『薄毛』だっての、本当だったんだな）

そんなことをふと先日目撃してしまったミユリの裸体を思い出しながら考えるクレト。

全裸なのは一目瞭然の魔族達だが、腕や脚には動物のように地肌を覆い隠すほどの濃い毛が生えている者が殆どである。胴体部分——腹から胸にかけては比較的毛が薄く人類と大差ないようだったが。

なのでクレトからしてみれば魔族の女達の裸体は充分に扇情的で——

「えっと、すみません、まさかとは想いますが」

「お前さんの想像してる通りだよ。ちとお子様には刺激が強すぎるか？」

と老人は言って低い声で笑った。

「人類領域じゃ『奴隷売買』は禁止だからな。うちは『家畜』を——『愛玩動物』を売ってるのさ。人類に見てくれが似てるのもいるがね」

人類領域の法律では魔族は人類ではない。

だから——売買しても法には触れない。

「勿論、『お試し』もやってる。というかそっちの商売の方が最近は実入りが良くてね」

「『お試し』……ですか？」

「安い買い物でもねえしな。『愛玩動物』としばらく遊んでみて、相性を見るのさ。まあその結果、商品が傷んじまうことも多いんでな、無料でお試しってわけにもいかねえから、金をとったら、そっち目当てに来る客の方が増えちまってね」

「それって――」

「『売春』でもねえからな？　娼婦《しょうふ》でも男娼でもねえんだ。ただ、同じ部屋に『愛玩動物』と入って、一晩過ごすだけだ。どう扱うかはお客さん次第……実際、殴る蹴るして憂さ晴らしに使うって客もいるよ」

「………」

最早《もはや》クレトは言葉も出ない。

(『奴隷』でも『売春』でもない……わかりやすい欺瞞《ぎまん》だよなあ)

端的に言えばそれはただの言い換え、言葉遊びだ。

恐らくここにいる魔族は捕虜なのだ。それも非公式な。

「……あの……憂さ晴らしに使うって……？」

「ああ。まあ客には兵士が多いな。他には家を潰されたり、知り合いや家族親族を殺された奴《やつ》とか。ほれ、このイマルは十二年前にも一度、魔族に占領されてるしなあ。すぐに占領し返したが、その時にまあ、色々と、な？」

まるで世間話の口調でそう語る隻眼の老人。

「お偉方にとっちゃ兵士でもない民草なんざ占領地の置き石でしかねえからな。その辺は人類も魔族も同じらしいが――」

「………」

とんでもない所に来てしまった――と今更ながらにクレトは思った。

その時――

「この雌猫ッ……！」

広間に魔族の娘を連れて一人の中年男が入ってきた。

連れて、というより引っ張ってといった方が正しいだろう。首輪に付けた鎖を右手に持っており、よろよろと歩く魔族の娘を叱咤《しった》し、最後には広間に蹴り込んだ。

「おい、ガーフエン。もう少し加減して愉しめないのかい？」

隻眼の老人が文句をつけるのも当然――毛の色や尻尾の形こそちがうが、ミユリと同様、獣耳と尻尾を備えたその魔族の娘の、顔や、地肌が見えている部分には幾つも痣《あざ》があり、血が滲む擦り傷、切り傷も多い。

相当、別室でいたぶられたのは間違いなかった。

「うるさい、金は払ってるだろうが！」

「身内価格だろうがよ。それに――」

「死ぬような扱いはしてねえよ！　こんな傷、法術ですぐに――」

「――ライル、さん？」

その名前は呆然とした表情のクレトの口から漏れた。

「——あ？　え？　お前——」

ライルと呼ばれた中年男は眼を丸くしてクレトの方を見る。

「おや？　知り合いかい」

「あ、えと、知り合いっていうか——」

どう答えたものかクレトが戸惑っていると。

「……ああ、同じ寺院の出だよ」

先にその中年男が——かつてクレトと同じチェンバース寺院で僧侶としての修行を積んだ、ライル・ガーフェンが言った。

●

ライル・ガーフェン。

クレトにとってはチェンバース寺院の僧侶として先輩であり、各種法術の師でもある。

面倒見が良く穏やかな性格の彼は、クレトのみならず、他の若い僧侶達や、信者達からも慕われていた。理想的な僧侶、と言われてクレトがまず思い出すのは、ライル・ガーフェンの穏やかな笑顔だったくらいに。

チェンバース寺院が廃院になった際、行方知れずになった関係者は多いが——

「……あの後、他に喰《く》ってく方法もなくてな」

クレトとライルが今いるのは『犬小屋』の小部屋である。

元々は『商品』との相性を見るための部屋、という建前なので、部屋だけを借りることはできず――改めて先の魔族の娘も同じ部屋にいる。

彼女は怯《おび》えた眼でクレトとライルを見ながら部屋の隅に座っていた。

「軍の募集に応じて……従軍法術師として前線に出たよ」

「……そう、ですか」

年齢を誤魔化して官吏登用試験を受けたクレトとしては、耳が痛い話である。元々真面目な僧侶だったライルは、要領よく立ち回ることができなかったのだろう。

「で、魔族に捕まってな。抵抗したのがまずかったんだろうな……」

ライルは自嘲の笑みを浮かべて自分の股間を軽く右手で叩《たた》いて見せた。

「ここを、な。やられた。ごっつい槍《やり》で、ごそっと」

「やられたって……」

「『玉』は片方残ってるんだが、まあ、『棒』の方がなあ……『治癒』じゃ、欠損した部分の再生まではできないからさ。『復元』をかけるべきだったんだろうけどな。なんせやられた場所が場所だし、他に腹も刺されてたから、もう、まともな判断力なんてなくて……」

結局、『治癒』の法術だけでは止血が精一杯、そのまま気絶して――意識を取り戻した時には、もう法術では男性器を取り戻せない状態で安定してしまっていたとか。

それでも死なずに済んだのはライルが優秀な法術使いだという証だが……

「法術が使えるってんで、とりあえずは生かされてたんだ。ゴドモンって前線に近い監獄に放り込まれた。俺だけな。俺と一緒に捕まった連中は大抵、嬲《なぶ》り殺《ごろ》しになった。魔族は捕虜をとらないってのは、まあ概《おおむ》ね本当だな」

「…………」

要するにライルは捕虜ではなく、法術が使える奴隷として魔族の軍に鹵獲《ろかく》されたということなのだろう。

「なんだかんだで隙を見て逃げ出すことができたけどな。まあそれでこのイマルに辿り着いて……ここで暮らしてる。法術でなんとか稼いでるよ。従軍する前は想像もつかなかったけどな、相手を選ばなけりゃ、それなりに法術でも食えるみたいだ」

話を聞くに……どうやらライルは客としてここに来ている以外に、客の『お試し』で傷んだ『商品』の修復も請け負っているらしい。

「随分とその……」

言葉を選びながらクレトは言った。

「変わりましたね……喋り方とか」

「ああ。そうかもな。兵士達の間に交ざってると自然とな」

とライルは頷く。

だがそれは本当に兵士達と行動を共にしていたから、だけなのか。

喋り方のみならず、笑い方、目つき、細かな仕草……かつてのライルとは何もかもが別人のようにクレトには思える。多少やつれはしたが、顔立ちそのものは変わっていないから、尚更にクレトの中では違和感が強かった。

（一体何が？　なんて……聞くまでもないか……）

性器を失った経験、そして魔族に捕まった経験が、彼を変えたのだ。

「お前は変わってないな。クレト。本当——変わってない。元気にしてたか？　今、なにやってんだ。このイマルに住んでるのか？」

「……っていうか、その娘、苦しそうですけど、『治癒』かけなくていいんですか？」

「ああ？　こいつら、小知恵ばっかり回るからな。痛い振り、苦しい振りして、休もうとしやがる。隙を見せたら逆らうしな。ちょっとやそっとの傷は法術かけない方が、大人しくなって良いんだよ」

「いや、でも……」

「そんなに気になるならお前がかけてやれよ。なんだったらそのまま愉しんでもいいぞ。むしろ愉しんでけよ、俺の分まで」

「……………はあ」

とりあえず曖昧に頷いてから、クレトは魔族の娘に膝立ちで歩み寄る。

「いと慈悲深き我らが神よ・この手の先に——」

しばらく使っていなかった『治癒』の呪文を思い出しつつ、ゆっくり唱えながらクレトは右手を魔族の娘の身体の上にかざす。

淡い光が掌の上に生まれ、それが魔族の娘の身体に浸透していくのを確認してから、クレトは脈を診ようと手を――

「――っ⁉」

次の瞬間、魔族の娘は発条《ばね》仕掛けのように飛び起きて、クレトの腕をねじり上げ、その首に自分の腕を巻いていた。

見た目に反して相当な筋力である。首を絞めるどころかそのまま首をへし折ることすらできそうだったが――

「ちょっ――ぐえっ？」

「あーあ、言わんこっちゃない。魔族だぞ。多少見てくれは似てても、それは人類じゃねえんだ。情けなんか掛けたら、つけ込まれるだけだ」

言ってライルは溜息をつく。

「コイつ、殺さレる、嫌、なラ、今すグ――」

「わかったよ。仕方ねえな。首輪外してやる」

とライルは言って、どこからか音叉を取り出した。

首輪を締めるのも音叉を用いてなら、外すのも同様ということか。よく見れば音叉の柄の部分に切れ込みや突起が幾つか付いている。恐らくそちらが鍵になっているのだろう。

「――なんて、言うと想ったか。馬鹿め」

ちぃん、とライルが音叉を指で弾く。

途端——

「——っ⁉」

「ほれ、早くしないと首が絞まるぞ」

歯を剝いてライルは笑った。

「首輪使われて死んだ魔族は見ただろうが？　糞《くそ》と小便垂れ流して、そりゃあみっともない死に方だ。まあそういう死に方が好みだってんなら、いいぞ、好きにしろよ。死体と糞と小便の始末くらいはしてやるさ。ああ、死体の方が良いって奴もいるから、そういう客に——」

ライルが言っている間にも、魔族の娘の首輪は締まっていくらしい。

魔族の娘はクレトの首に巻いていた腕を外し、両手で自分の首輪の収縮を停めようとするが、すでに肉にまで食い込み始めているそれは、指や爪を引っかける隙間すらなく——

「げほっ……」

解放されて咳《せ》き込《こ》むクレトに、ライルは苦笑しながら言った。

「わかったろ。こいつらは凶暴な獣なんだよ。隙を見せたら襲ってくる。『治癒』の法術かけてやったら、感動して懐いてくるとでも想ったか？」

「…………そ、そう、ですか、っていうか、首輪、停めないと」

「失神するまでやっとくくらいの方が躾《しつけ》には良いんだがな」

ライルは言うと、音叉を首輪に向けてもう一度指先で弾く。

ちぃん、という音と共に魔族の娘は脱力し、その場に倒れ込んだ。咳き込みながらのたうっており、もうクレトを襲う余裕はなさそうだ。

「今なら楽に犯《や》れるぞ」

「……いや、その、遠慮します……」

クレトは呼吸を整えながら——そう言った。

●

結局……クレトはライルと話をするのもそこそこに『犬小屋』を出た。

「…………」

どこに向かうというあてがあるでもなく、とぼとぼと人通りの絶えた夜道を歩いていく。

小さな広場のような場所を見つけたので、クレトはそこに置かれた木製の長椅子《ベンチ》に腰掛けて、長々と溜息をついた。

ライル・ガーフェンは変わっていた。変わり果てていた。

あれは、もう別人だ。

かつてのライルはあんな風な笑い方を決してしなかった。あんな眼で他人を見たりはしなかった。魔族であろうと何だろうと、他者を痛めつけて愉しむことなどできる人ではなかった。

あるいはライル・ガーフェンという人物は従軍の際に死んでしまったのかもしれない。

戦争でひどい目に遭わされて、その時に、彼の何かが死んでしまったのかも。

勿論、ライルが魔族を憎むのは当然だし、金を出すだけで好きなようにいたぶれる魔族がいるというのなら、それで憂さを晴らす——という考え方も、共感こそできないが、理解はできる。

あるいはあの『犬小屋』のことをダンカンに教えたら、嬉々《きき》として『お試し』をするかもしれない。

「はぁ……なんか……疲れたっていうか……お腹《なか》減ったな……」

「——ん」

「ああ、ありが——とぅわっ⁉」

いきなり眼の前に差し出された焼麦餅《パン》を見て思わず声をあげるクレト。

見れば、いつの間にそこに来たのか、メルダが同じ長椅子に座って、クレトに右手の焼麦餅を差し出していた。彼女自身も焼麦餅を左手に持ってこれをかじっている。

「メ……メルダ⁉」

「うん。メルダだよ」

とメルダは無表情に頷く。

「そしてこれは夜食の胡桃焼麦餅《くるみパン》」

「な……なんで？」

「お腹すいたから。クレトお兄ちゃんはお腹すいてない？」

「いや、そうじゃなくて、なんでメルダがこんな所に――」

「一緒にいるって言ったから」

むしろなんで今更そんなことを？　と言わんばかりに首を傾げるメルダ。

「いや、そうじゃなくて、どうやって僕を見つけた……の？」

また匂いを辿ったりしたのだろうか――とクレトは思ったが。

「見つけてないよ。ずっとお兄ちゃんと一緒だったし」

「ずっとって……」

「宿からずっと」

「……怖っ⁉」

つまりクレトが宿を抜け出した時から、ずっとメルダにつけられていたらしい。

考えてみれば、人類最強の〈勇者〉に『気配を読む』程度のことができない筈がないのだ。たとえ眠っていても彼女はクレトが起きて部屋を出ていく、その気配の移動に気付くことができたのだろう。

「じゃあ、あのお店でも……？」

「中には……入らなかったけど」

と焼麦餅をかじりながらメルダは言った。

「中で何かあったの？」

「何かって…………」

「出てきた時、クレトお兄ちゃん、すごく疲れた顔してたから」

「…………」

自分は四六時中無表情なくせに、他人の表情は読めるのか。

「旧い知り合いにね、会ったんだけどね」

クレトは――溜息をついて言った。

「僕にとっては――僕にとっての、お兄ちゃんみたいな人だよ。色々教わったし色々よくしてもらったし。僕が育った寺院を出た後、色々あって行方不明っていうか、お互いどこで何してるかもわからなくなってたんだけど……」

まさかこんな所で再会するとは。

しかもあんな風に――変わり果てて。

「戦争に行って……なんだか、別の人に変わっちゃったみたいに……」

「…………」

メルダの方を見ると、彼女はやはり無表情のまま、首を傾げている。

哀れむでも悲しむでもない。怒るでも笑うでもない。

まるで『それがどうしたの？』と言わんばかりだ。

「メルダ……」

クレトは手に持った焼麦餅に視線を注ぎながら呟《つぶや》くように言った。

「僕は、その……今回のこと、無駄なんだって言われた」

「………?」

首を傾げるメルダ。

その仕草に——クレトは犬のメルダを思い出す。

犬だから言葉はわからない。何を言っているのかわからない。頷きもしなければ愛想笑いの一つもしない。けれども……欠伸《あくび》もせずに犬のメルダはいつもクレトの独り言を聞いてくれた。

「無意味だって。戦争とか、約束の一つや二つでは止められないし、そもそも僕は止める義理もないんだって——言われて」

「………」

「逃げて良い、魔族領域になんて行かなくて良いって言われてさ」

「クレトお兄ちゃんがそうしたいならそうすればいいんじゃない?」

「——え?」

「私はお兄ちゃんについていくだけだし」

クレトに対して呆れる様子もなければ、責める様子もない。

彼が逃げれば本気でこの〈勇者〉は一緒に来るつもりなのだろう。

「メルダ。君は——」

「戦争を終わらせるために〈魔王〉を殺しに行けって言われたんだけどね」

メルダはクレトを真似《まね》るように、手の中の焼麦餅に視線を落としながら言った。

「実際に行ったら、〈魔王〉は自分殺したくらいじゃ戦争は終わらないって言うし、実際、〈魔王〉は暗殺されたんでしょ？　でも戦争は終わってないよね？　それってつまり、〈魔王〉が言ったことが正しくて、私が先に言われたことが間違ってたってことだよね？」

「それは……」

諸事情はあるにせよ、確かに事実としてはメルダの言う通りだ。

「〈魔王〉は自分で考えろって言ったけど。私って頭悪いみたいだから、上手《うま》く考えられなくて。でも無駄なことはしたくないし、一緒に魔族領域に行った人達が死んじゃったのも、無駄だったんだって言われたら、それはなんだか……」

首を傾げてメルダは束《つか》の間《ま》、言葉を探していたようだが。

「……なんだか、勿体《もったい》ない気がして」

「勿体ない……」

百人の命が失われたことに対する感想としては、あまりに薄っぺらいものだとも言えるが……

それでもメルダは死んだ同行者達について、何も思っていないわけではないのだ。死者を悼む気持ちがあるかどうかはさておき、亡くなった百名の同行者をまるで『経理上の損耗』であるかのように語っていた政務官達よりは……メルダは彼らを気に掛けていた。

「だから後はこっちでやる、お前はもう何も考えるな、黙ってその〈魔王〉の心臓を渡せって言われたら、何か違う気がしてね。色々、よくわからなくなって……でもこの心臓は」

言ってごそごそと自分の服の内から魔王の心臓を封入した首飾りを取り出すメルダ。

「〈魔王〉が私にって言って、くれたものだから……私が持ってないといけない気がしたんだよ」

「………」

「お兄ちゃんは私に名前をくれたよね」

「――え？　ああ、そうだね」

「親子。兄弟姉妹。あるいは夫婦。同じ姓を持つことは同じ家族である証――と、聞いたことがある。家族だから一緒にいる。一緒にいないと姓を貰ったことにならない」

「……それは」

正直、クレトはそこまで深く考えてメルダに自分と同じ姓を贈ったわけではない。

だが、過去がなく、気がつけばひたすら〈魔王〉を殺すためだけの戦闘訓練に明け暮れて育ったこの少女にとって、チェンバースの姓と『メルダ』の名前だけが、〈勇者〉ではなく、単なる一人の少女に対して贈られた全てではなかったか……？

「〈魔王〉が死んでも戦争は終わらなかった。私が〈魔王〉の心臓を持ち帰っても、戦争は終わらなかった。戦争は止められない。戦争を終わらせるために存在する私は、だから、無意味」

「メルダ、それは――」

否定しようとして、しかしクレトはあることに思い至った。

徹底してその存在を秘匿し、非人間的な方法で育成し、投入した人類の最終兵器――〈勇者〉。その〈勇者〉を、しかし人類の為政者達は、帰還後、放置してきた。

何故？　それは勿論、『役に立たなかった』からだ。

〈魔王〉を暗殺し、魔族領域を混乱させ、それを喧伝《けんでん》して人類側の士気を上げる……その目的を果たすことなく、メルダは、むしろ〈魔王〉に説得されて帰ってきた。

講和の約束をして――その証の〈魔王〉の心臓と共に。

これを人類側は裏切りとまでは言わずとも、失敗と考えたのだろう。

メルダに対し『戦争を終わらせること』と教えながら、しかし、為政者達が考えていたのは正しくは『人類の勝利の形で戦争を終わらせること』だ。百年に及ぶ戦争の終わりが、『双方痛み分け』では許されない、民も納得しない、そう考えたのだろう。

だからメルダは役立たずとして放棄された。

〈魔王〉に唆《そそのか》された愚かな小娘、〈勇者〉のなり損ないとして。

「〈勇者〉は、もう存在している理由も意味もない。だから私は戦争が終わっても終わらなくても、どうでもいい。私はメルダ・チェンバースで、お兄ちゃんの妹で、お兄ちゃんが逃げるのなら、私も一緒についていくだけ」

淡々とそう告げてくる〈勇者〉の——いや元〈勇者〉の少女。

束の間、クレトは彼女の、表情を刻むことのない白く愛らしい顔を見つめていたが。

「……ちゃんと考えてるじゃない。自分で」

「え？　そう？」

と眼を瞬かせるメルダ。

「これは僕も考えろってことなのかなぁ……自分で、自分の頭で」

自分の中にわだかまる、もやもやした何かの正体を知るために。

人間は環境に負ける。環境の影響を拒みきることはできない。

ライルのように。

彼が変わってしまったのは、しかし、彼の責任ではないだろう。そもそも彼は変わるか変わらないかの選択すら許されていなかった筈だ。

戦争は全てを押し流す。多くの者はただ押し流されて、流され続けて、流れ着いて、それで終わりだ。考える余裕も許されず。選び取る余裕も与えられず。

ではクレトはどうか。

逃げ道を塞がれたから、仕方なくそちらに向かうのではなく——逃げるなら逃げるで自分で考えて自分で結論を下す。

大層な決意は要らない。大義名分とかも要らない。

ただ、この御時世、自分で考えて決めることができたなら、それはきっと贅沢《ぜいたく》なことなのだろう。その機会を無駄にしては、勿体ない。

「メルダ。ごめんね。それからありがとう」

「……？　よくわからないけど」

「まあ僕もよくわかってないけど。なんとなく今はお詫《わ》びとお礼を言いたい気分なの」

詫びは自分一人で逃げようとしたことに関してだが、それを改めて細かく説明する気にはなれなかった。メルダが怒るならまだしも……この少女が無表情に、静かに、傷つくような気がしたのだ。何となく。

メルダはじっとクレトの眼を見て――

「……お兄ちゃんは、変態？」

唐突にそんなことを言い出したのは、昨晩、ミユリがクレトを変態と評したからか。

「それ言うなら『変な人』だよ」

「変態とは違うの？」

「違います。断じて」

そう言ってクレトは改めてメルダがくれた焼麦餅をかじる。

乾いて、ぱさぱさで、とても美味《おい》しいとは言えない代物だったが。

噛《か》めば不思議と、今、自分は生きているのだ、という実感のようなものが湧いてきた。

馬車は、がたごとと揺れながら人類領域辺境の道を進んでいく。

御者台の上に乗っているのはクレトと、そしてミルドレットである。

すでに都市イマルはクレト達の遥か後方で、ふり返っても山陰に隠れて見えない。山脈の切れ目のような谷底を通って、クレト達は緩衝地帯を抜けるべく進んでいるのだった。

「明日にはもう魔族領域ですねー」

と手綱を握りながら言うのはミルドレットである。

クレトは一応、何かあった場合の交代要員だ。

ちなみに二人共、『付け耳』と『付け尻尾』をした変装状態である。

後ろの客室にいるメルダも同様だ。

彼女の亜麻色の髪にできるだけ色を合わせた耳と尻尾を付けているのだが、若干、大きめというか……ミユリが『黒犬』ならばメルダは『狐《きつね》』に近い印象だった。

ダンカンは結局、基本、表に出ないことを前提として、兜《かぶと》に角を、服に縫い付ける形で尻尾を付けることで妥協したらしい。

愛用の兜に『忌々しい魔族の角』を付けることについてしばらく彼は文句を言っていたが、獣耳と尻尾を直に付けるよりはマシということで落ち着いたようだ。

「もう逃げられませんよー。折角の機会だったのにー」

とミルドレットが顔を寄せてそんなことを言ってくる。

「……メルダがずっと僕の傍にいたらしくって。逃げるなんてとても」

クレトは苦笑してそう答えた。

「ああ。〈勇者〉が……彼女、隠密《おんみつ》接敵とかも得意だそうですからねー。〈魔王〉暗殺用の人間兵器って考えると、当然ですけどー。おまけにお兄ちゃんお兄ちゃんって貴方にべったりですしー。一体どんな方法で手懐けたのやらー」

「別に特別なことは何も。名前をあげただけです。僕と同じ姓を」

「そういえばそんなことを言ってましたねー、〈勇者〉ちゃん……幼妻？」

「違います。妹です」

言われるだろうなあと想っていたので即答するクレト。

「照れなくてもいいですよー？」

「照れてません」

「一緒にお風呂も入ったのにー？」

「なんで知ってんですか⁉」

ミユリから聞いたのだろうか。

それとも──

「クレトさんは女誑《おんなたら》しですねー」

「……なんでそうなります？」

「私も誑されたいー」

「自分から言います？」

というか見た目だけでいえばメルダと同じくらいに幼い印象のミルドレットに言われると、自分が年端もいかない少女を口八丁手八丁で誑《たぶら》かして食い物にしている外道のようにも思えてくるので、大変、居心地が悪い。

「……あの、ミルドレットさん？」

地を這う者同士の争いなど知らぬ——とばかりに、のんびりと晴れ上がった青空を見上げながら、クレトはこう続けた。

「ひょっとして貴女、この旅が……〈魔王〉の復活が、失敗に終わればいいとか、思ってます？」

「さあ、どうでしょうね—？」

あくまでミルドレットの笑顔は緩い。緩いまま揺らがない。

まるでそういう——仮面のように。

「魔族側の好戦派が講和を意図した〈魔王〉を暗殺したのと同様、人類側にも好戦派がいて、この〈魔王〉の復活と講和を邪魔したいと考えている——というのは、僕の考えすぎだったりします？」

「考えすぎですよ—」

と緊張感皆無の笑顔でそう答えてくるミルドレット。

「ミルドレットさんが好戦派の送り込んだ人で、一番、ちょろそうな僕から、切り崩して、面子《めんつ》を減らしていこうという考えというのも？」

「考えすぎですねー」

「むしろ〈魔王〉の心臓を持ってる〈勇者〉の所で計画が挫折すると思ったら、なんでか僕が〈勇者〉ごと連れてきちゃって、予定と違ったから、大慌てでまず僕を外しちゃおうとか？　僕を外せばメルダもいなくなって、一石二鳥とか——」

「それも考えすぎですねー」

「そうですか」

「そうですよー」

と——言ってから。

「もしそうだったとしたらー」

ふとその切れ長の眼を細めてミルドレットは言った。

「今からでも逃げますかー？　命が惜しくない、わけではないですよねー？」

「…………」

ミルドレットの問いに、クレトはしばらく考えて——首を振る。

「決めましたから。自分で」

「……自分で？」

「ええ。自分で考えて、自分の意志で。別に死にたいわけでもないですけど、なんていうか——戦争が終わったら、何か変わるかなって。それが見てみたい……とか思ったので」

「おやおやそれは――」

「そんな理由じゃ軽すぎます？」

「いえいえー。理由の軽い重いは人それぞれですしー」

言って、愛らしい森人の女猟兵は、肩を竦めた。

# 第四章　小役人の入獄

魔族領域。

端的に言えば魔族の勢力圏内、その実効的支配力の及ぶ範囲内を人類はそう呼ぶ。

つまりそれは山や川といった確固たる地形に基づいて定められるものではなく、緩衝領域を挟んで人類領域と常にせめぎ合っている――不安定に揺れ動く外縁部を含んでいる。

「別にここから魔族領域って線が引かれてるわけじゃないんですよね」

「当然だろう」

と――焚き火《たび》を挟んでクレトと対面に座るダンカンは言った。

すでに空は闇の色に染まりつつあり、移動するには危険が多い。

なのでクレト達《たち》は今、馬車を停《と》めて保存食中心の夕食を摂《と》りつつ、今後の道行きについての相談をしていた。

「できるだけ、街や村には寄らぬ方が良《い》いだろうな。いくら変装しているといっても、対面で長時間、魔族と顔を合わせていればばれるだろうし、何より我々は魔族語が話せん」

「私は意思の疎通程度ならできますが、まあ、発音でばれるでしょうねー」

とダンカンの言葉を受けて彼の左隣に座るミルドレットが言った。

「『調音』の法術なら使えますけど……」

「一律に変えるだけじゃやっぱりばれると思いますよー」

とクレトの言葉にミルドレットが肩を竦《すく》める。

「どうしても必要なものがあれば、できるだけ小さな村や町に寄って、ミユリさん主体で交渉してもらうしかないでしょうねー。仕方なくリンデン卿《きょう》やクレトさんが喋《しゃべ》る場合には、ミユリさんに腹話術してもらって、声だけ法術で変えるとかー」

「分カってイマす」

と言うのは当のミユリである。

彼女はミルドレットの更に左隣、クレトの右隣に座っている。

クレトの左隣ではメルダが――独りだけ我関せずといった様子で焚き火を火かき棒で弄《いじ》りながら肉や山芋の焼け具合を見ていた。

その胸元に小さな銅板が〈魔王〉の心臓の首飾りと並んでぶら下がっている。昨晩、クレトが手ずから自分の名札を真似て彫ってみたものである。そこには『メルダ・チェンバース』の名が刻まれていた。

「その際に……その魔族に、売られなければ良いがな」

とダンカンがミユリを一瞥《いちべつ》して吐き捨てるように言う。

「売られる？」

「その魔族は本当に〈魔王〉の忠臣かどうかの証拠がないわけだろう？　いや、本当に忠臣だったとしてもだ。〈魔王〉復活を諦めて、身の安全の確保と引き替えに、我々を他の魔族に引き渡す――なんてことをしない保証は、どこにもない」

眉をひそめるクレトにダンカンはそう答えた。

「…………」

一瞬、何か言おうとして口を開いたミユリだったが、無駄だと思ったのか、短く溜息《ためいき》をついてダンカンから眼《め》を逸《そ》らした。

人類側の『お偉方』はミユリのことを完全には信じていないし、彼女の要請に従ってクレト達を送り出したのも、一定の利害が一致したからに過ぎない。

だからダンカンはむしろ常にミユリに否定的な見方をすることで油断しないことを――監視役としての役割を期待されて配されている。彼がミユリのことを常に疑って掛かるのは、これまでの経験のみならず、現状の立場からしても、むしろ当然だった。

「……まあ、その」

クレトはミユリの方を見て言った。

「本当に彼女が僕らを裏切るつもりなら、とっくに裏切ってるような……」

「その〈勇者〉が〈魔王〉の心臓を持っとる限り、魔族の好戦派は安心できんのだろう。万が一にも〈魔王〉が蘇《よみがえ》ったら、裏切り者の大粛清大会だ。講和も結ばれてしまう。だから手強《てごわ》い〈勇者〉から〈魔王〉の心臓をかっさらう隙を狙っているだけかもしれん」

確かにそういう考え方も成り立ちはするが。

「いずれにせよ、今更だ。俺は油断しない。そのことを告げておくだけでも牽制《けんせい》にはなる」

「……正しイでス……魔族と人類……我々、は、異なル者だカら」

と他ならぬミユリがそう言った。

「でも〈魔王〉は――」

ミユリが是が非でも復活させようとしている彼女の主は、人類と魔族がわかり合えると思ったから講和を申し出たのではなかったのか。

それとも講和などというものは喉元に剣を突きつけられた〈魔王〉が、苦し紛れにひねり出したその場凌《しの》ぎの戯《ざ》れ言《ごと》に過ぎなかったのか。

「〈魔王〉が何を考えて講和を言い出したのかは知らんが、口先だけで信じてもらえると思うほど、阿呆《あほう》ではなかったということだろう。だから〈魔王〉は自分の心臓を差し出した。違うか？」

ダンカンは先程から黙って焚き火を弄り続けているメルダを――彼女が胸元に提げている首飾りを指さして言った。

「小役人。貴様も油断はしないことだ。魔族は女でも見た目以上に力がある。ちょっとやそっと見目が良いからと油断していると、寝首を掻《か》かれるどころか、首の骨をへし折られるぞ」

「………………」

思わず自分の首に触れるクレト。都市イマルの『犬小屋』で魔族の娘に首を絞められた際の感触が蘇った。

そして——

「お肉、焼けたよ」

まるで空気を読まない淡々とした口調でメルダが言った。

●

魔族領域に限らず、人類領域も同様だが。

基本的に領域内の殆《ほとん》どは手つかずの原野である。

自然は別に人類にも魔族にも都合良くはできていない。

故に街であれ村であれ都市であれ、それはたまたま、比較的利便性が高い場所を人類や魔族が勝手に居住域に定めているだけのことである。例えば整地の手間の少ない平野部で、しかも近くに河が流れている、もしくは湧き水を確保できる、といった条件に当てはまる場所だ。

だが実のところ、そういった『条件の良い場所』というのは少ない。かなり少ない。

故に……魔族領域においても街や村といった『多数が定住できる場所』はその広大な領土内において点在しているだけであり、そうした『点』を街道という線で結んでいるに過ぎない。

逆に言えば――

「まあ私達は少数ですし変装もしていますからー、できるだけ街や村を避けて移動すればー、見咎《みとが》められる恐れは少ないんですけどねー」

とミルドレットが言うように、クレト達の道行きも、四六時中一瞬たりとも気を抜かずに警戒を続けていなければ、あっという間に人類と見破られて囲まれて殺される――ということはないだろう。

必要最低限の物資を調達するのに、街や村に寄る際も、魔族であるミユリを交渉役として前面に立てておけば、そうそうややこしいことにはならない――と、クレト達は安易に考えていたのだが。

「～～～～～？」

「～～～～～～」

緩衝地帯に程近い場所にある、比較的小さな街。

クレト達はそこで食料その他の調達を試みることにした。

まだ物資には余裕があるが、文字通りに食い詰めてから慌てて実行すると、思わぬ失敗を招く恐れがある。気力も体力もまだ充実しているうちに試しておく方が安全だ。

馬車を街の外に停め、ミユリを先頭に、クレト、メルダ、そして多少は魔族語がわかるミルドレットが街に入って物資を調達――変装に多少不安のあるダンカンは馬車に残って見張り番という役回りだ。

「～～～～！」

「～～～～！」

街はその周囲をぐるりと外壁に囲まれていて、街に出入りするためには外壁の各所に設けられている門をくぐる必要がある。壁は野生動物や無法者といった脅威から住民を守るためのものだから、当然――いきなり行ってもすんなりとは通してくれない。

とりあえず余所者《よそもの》は、門で衛士にまず名を問われ、身柄を検《あらた》められる。

この辺りは魔族領域も人類領域と大差ないようだ。

「～～～～！」

「～～～～？」

先程から、先行したミユリが街門の衛士――なのだろう、大柄で鱗《うろこ》状の鎧《よろい》を身につけた魔族の男二人と会話をしている。クレト達は少し離れた場所でその様子を見ていた。

魔族の言葉は単語の区切りが曖昧というか、どうにも詳細が聞き取りにくい上、そもそもクレトは魔族の言葉を何も知らないので、何を話しているのかまるでわからない――のだが。

「…………あららー？」

ふと、ミルドレットが首を傾《かし》げると――ごそごそと左肩に背負っていた布袋から小型の弓を取り出した。

馬車に積んでいる弓とは別の代物だ。

小型故に射程距離は短いのだが、一部を折り畳むと布袋の中にも隠せるので、こういう時に携帯しやすい。しかも弾弓として、矢のみならず礫《つぶて》も撃てるようになっているので、何かと応用が利く――のだそうだ。

「ミルドレットさん？」

「逃げる用意をー。ちょっときな臭いですー」

とミルドレットが言った――次の瞬間。

「～～～～～～～!!」

叫び声、というか獣が吼《ほ》えるかのような声が聞こえた。

慌ててそちらに眼を向けると、衛士の片方が手にしていた長柄戦斧《ハルバード》をいきなりミユリに突きつけているのが見える。しかももう一人の衛士は街門の中に向かって何か叫んでいて。

あれは――ひょっとして仲間を呼んでいるのか。

「な……なんで!?」

「『罪人』って言ってる」

と言うのはメルダである。

「え？　メルダ、魔族語――話せるの!?」

「前に来た時に覚えた」

と言いつつ、メルダがひょいと無造作に片手を上げる。

次の瞬間――彼女の右の拳にいきなり一本の矢が生えていた。

「ちょっ……え？　なに⁉」

クレトのすぐ眼の前で――本当に拳一つ程度の距離だけを間に置いて、鏃《やじり》が小さく震えている。射られたばかりなのだろう。

クレトは額から冷や汗が滑り落ちるのを感じた。

メルダが射掛けられた矢を空中でつかんで止めてくれたのだ。彼女がいなければ矢はクレトの顔に深々と突き刺さっていたことだろう。

「クレトお兄ちゃん。下がって」

右手の矢を投げ捨てながらメルダが左手を振ると――続けて射られたもう一本の矢が、弾《はじ》かれて、あらぬ方向に飛んでいった。

同時にミルドレットが弾弓で、一発の黒い弾を放つ。

弓に比してかなり大きめの弾だったからか、やや緩やかな弧を描くようにして飛んだそれは、ミユリや衛士達に届くことなく、地面に落下。だが次の瞬間、軽い炸裂《さくれつ》音と共に弾けて――白い煙を吐き出し始めた。

「～～～～～‼」

「～～～～～‼」

煙の向こうから聞こえてくるのは魔族達の罵声か。

「早く、お兄ちゃん。下がって」

「クレトさん、お早くー」

とメルダとミルドレットが促してくるが。

「い、いや、でもミユリさん——が」

衛士に長柄戦斧を突きつけられて捕まったままだ。

「そうですねー。でも命あっての物種ですしー？　ここは見捨てて逃げるというのも一つの方法かとー？」

と言うミルドレット。

「いや、それはさすがに——」

「——来る」

メルダが呟《つぶや》くように言ったその瞬間、煙の幕を突き破るようにして魔族の衛士が一人、姿を現していた。

猛烈な勢いで地を蹴ってこちらに突っ込んでくる。

手にしているのは長柄戦斧……間合いは長く、旋回による強烈な撃ち込みにより、一撃必殺が期待できる武器だ。

「～～～～ッ！」

何事か吼えながら長柄戦斧を水平に叩《たた》き付《つ》けてくる衛士。

メルダはしかし顔色一つ変えず、わずかに身を沈めただけでこれをやり過ごすと、その場に残像を残すほどの速度で踏み込み、空振りで大きく姿勢が崩れた魔族の脚を——膝を、蹴った。

——ごきゃ。

身の毛もよだつ音と共に、衛士の右脚がおかしな方向に曲がる。恐らくは粉砕骨折だろう。衛士は横転しながら、脚から跳ね上がってきたであろう激痛に、吼えた。

「さすがは〈勇者〉ですねー」

とミルドレットが言う。

「素手で完全武装の魔族兵を一撃ですかー。まあ一人で複数相手に、状況確認もせずに突っ込んでくるとか、あまり兵士としての練度は高くないんでしょうけどねー」

「…………」

細かい理屈はさておき、改めてメルダの強さを眼の前で見せつけられて——凡俗のクレトとしてはただ呆然《ぼうぜん》とするしかない。空中で矢をつかんで止めるなど、クレトに言わせれば人間業ではなかった。

「クレトお兄ちゃん。危ないよ。下がって」

「いや、だからミユリさん捕まったままだよ⁉」

ふり返って退却を促してくるメルダに、クレトはそう訴えた。

「見捨てて逃げたら、色々台無しだよ！」

「……わかった。お兄ちゃん達は隠れてて」

そう言うや否や、メルダの姿が消えた。

いや。違う。残像すら残さぬ速さで駆け出したのだ。

代わりに尚《なお》も立ちこめる白煙の中に、メルダが突き抜けたと思《おぼ》しき穴が穿《うが》たれていく。

「ああもうしょうがないですね、何をやってるんですかー。魔族の案内人と、〈魔王〉の心臓、両方とも向こうの手に渡ったらおしまいですよー？」

「あ、そ、そういえば⁉」

〈魔王〉の心臓はメルダが持ったままだ。

「だからってクレトさんが行ってもどうにもならないですからねー？」

「……そ、そうでした」

殆ど考えもなしにメルダの後を追って飛び出しかけたクレトは、そこで踏み留まった。

確かにクレトが出ても役に立つどころか、メルダの足を引っ張るだけだろう。

「とりあえず援護兼ねて煙幕足しときますー」

そう言ってミルドレットが更に二発、煙幕弾を撃ち込む。

濃さを増す白煙の向こうから、叫び声が——苦鳴と罵声が飛んでくる。

やはり全て魔族語なので、何を言っているのかはまるでわからないが……メルダが戦っているのは間違いないだろう。『遠視』の法術を使って状況を見ることもできるだろうが、法術はそれなりに手間が掛かるし法力も消耗するので、迂闊《うかつ》に使うと後で困る可能性がある。

（メルダ……は大丈夫だろうけど、ミユリさんは……）

刃物を首筋に突きつけられていた。

この状況だと――

「――クレトお兄ちゃん」

悶々《もんもん》とクレトが己の無力を噛《か》み締《し》めながら二人の身を案じていると、メルダがミユリを抱えて――自分より身の丈がある彼女を、荷物の如《ごと》く脇に横抱きにして戻ってきた。

しかも――

「ミユリさん⁉」

クレトが思わず声をあげたのは、ミユリが喉を切られていたからだ。

彼女の服は勿論《もちろん》、メルダの服も血であちこち染まっている。

ミユリは表情が朦朧《もうろう》としていて、何かを言いたいのか口を開け閉めしているが――切り裂かれた喉からひゅうひゅうと空気の擦過音が出るばかりだ。まずい。これは今すぐに処置しなければ死ぬ。

（外すのもこれだっけ）

とクレトは音叉《おんさ》を取り出して――うなじの辺りに位置する鍵穴にこれを差し込み捻《ひね》って、まず邪魔な首輪を外した。

「――いと慈悲深き我らが神よ」

更にクレトはミユリの喉に手を当てながら『治癒』の呪文を詠唱する。

何やら多数の足音が押し寄せてくるのが聞こえるが、そちらを気にしている余裕はない。

淡い光がクレトの右の掌《てのひら》に点《とも》り、それがミユリのぞっとするような、ぱっくりと開いた喉の傷口に染み込んでいく。少しでも早く『治癒』が進むようにと、クレトは喉に左手を当てて、指で傷口を閉じながら、更に呪文詠唱――『治癒』を重ねがけした。

「………ッ！」

ごぼりとミユリの口に血の泡が湧く。

まずい。傷がクレトの見立てより深いらしい。表面の傷口は塞がったが、喉の内側の傷口はまだ出血が続いているのだ。このままでは自分の血で彼女が気管を塞がれて『溺れ』かねない。

「………くっ」

一瞬、躊躇《ちゅうちょ》してから……クレトはミユリの唇に自分のそれを重ねた。

鼻で息を吐いて、ミユリの喉から血を吸い出す。鉄錆《てつさび》の味と匂いが――人間の血と何ら変わらないそれらがクレトの口の中に溢《あふ》れる。

「――がはっ」

吸い出せるだけ吸い出した血を傍らに吐きだし、これを二度ばかり続けてやると、ミユリは呼吸を再開したようだった。

そして――

「………」

ミユリが何やら右手をふらりと上げて。

「なんです？　何が言いたいんです？　どうしてほしいですか？」

法術を施し終えた右手で、ミユリの右手を握ってやる。

「……まるし・すてむ……るが・れるど……ほるく・あら……すかん……よごよ・かす……」

魔族語なのだろう。ミユリが更に何事かを呟いて、それからクレトの右手を――ふりほどく。彼女の右手が街門の方を指さして……

「まぐなん……！」

彼女の口にしていたそれが、魔術の呪文だと気がついたのは、右手の指さす先に薄く光る魔術陣が現れて回転を始めたからだ。

次の瞬間、何かをなぞるようにミユリの指先が左から右へと滑り――

――轟音《ごうおん》。

街門のすぐ外側、そこに爆音と共に炎の壁が出現していた。

「後続が来ないように遮蔽したんですねー。何をもごもごやってるのかと思ったら呪文詠唱だったわけですかー」

ミルドレットが弓を下ろしながら感心したように言う。

「そもそも衛士が彼女の喉斬ったのも、呪文詠唱させないためだったんでしょうけどもー。魔術師の無力化では定番ですしー。っていうか彼女、魔術師だったんですねー」

「クレトお兄ちゃん、もういいでしょ。逃げるよ」

更に声を掛けてきたメルダの方を見ると、彼女は——ぐったりと脱力した魔族の衛士らしき男を一人、襟首をつかんでぶら下げていた。他にも彼女の足下に五人ばかり武装した魔族が転がっている。

押し寄せてきた魔族の衛士達を、メルダが引き受けて片付けてくれていたらしい。

「こ……殺したの？」

「殺してないよ。殺しても良かったけど」

とクレトの問いに、メルダは無表情に答えた。

「生かしておいた方が、他の兵士の足止めになるから」

「怪我人《けがにん》は、そうでない兵士二人分の手を煩わせますからねー。一人殺しただけなら敵戦力が一人分減るだけですけどー、一人重傷にしておけばー、三人減ることになりますしー」

と解説してくるミルドレット。

「生かさぬよう、殺さぬよう——他者の哀れを誘うくらいの、やられた者が泣き叫ぶほどの激痛を伴った重傷にしつつ、即死は避ける、となると中々これが難しい技術なのですがー、さすがは〈勇者〉ですねー」

「わ……わかった。ありがとう、メルダ。逃げるよ」

ミユリに肩を貸して立ちながらクレトは頷《うなず》いた。

大慌てで馬車に乗り込み、街から離れて。

『遠視』の法術で街からの追っ手が出ていないことを確認して。

そこでようやく――クレト達は一息つくことができた。

「何があったか、俺にもきちんと説明できるんだろうな？」

と――ろくに説明もないまま馬車を走らせることを強要されたダンカンは非常に不機嫌だった。当然といえば当然の話だが。

馬車での移動中、クレトは改めて二度ばかり『治癒』をミユリにかけ直し――『治癒』の効果が定着しきっていない不安定な状態で、呪文詠唱なんぞしたので、傷口が喉の内側で再び開いたらしく、何度か血を吐いていた――何とか命に別状のない状態にすることには成功したのだが。

『治癒』は元々肉体が持っている、傷を治す力を加速させる法術だ。

故に失った血まで補充はしてくれない。

現状のミユリは貧血状態で朦朧としており、とても状況を説明できる状態ではなかった。ミルドレットが用意した滋養強壮の薬湯を飲ませはしたものの、それだけですぐに回復する筈《はず》もない。

（『復元』を使うこともできるけど、時間も経《た》ってるし、成功率が……）

『復元』の法術は局所的な時間の遡行である。

それ故に『復元』の法術を使えば、貧血だの体力の消耗などは関係なく『元に復せる』のだが……当然、『戻した時間』が『周囲の時間』との軋轢《あつれき》を生む。時にずれた時間同士の軋轢は制御不能、予測不能の破壊力として顕《あらわ》れることすらある。

『復元』で失った腕を一本丸ごと取り戻したと思ったら、身体《からだ》全体が炎上した、などということもあり得る。

上手《うま》く帳尻を合わせられるかどうかは、戻す時間の幅や、術者の力量、使用した魔力の量にもよるが……たとえ万全を期したとしても、賭けの要素をどうしても排除できない。所詮、法術は神の御業《みわざ》を神ならぬ身で真似《まね》ただけのもの、絶対などというものはないのだ。

ともあれ――

「『罪人』と呼ばれていたよ。『〈魔王〉殺し』とも言われてた」

そう言ったのはメルダである。

「それって――」

顔を上げてメルダを見つめるクレト。視界の端で、御者台の上のダンカンがこちらをふり返っているのも見えた。

「こんな田舎まで手配書が回っていたのだな。しかし普通は、そうそう気付かれたりはせんもんだが……」

何か明らかな特徴があればともかく、そうでないなら、手配書に書かれた似顔絵を見ただけで、見ず知らずの者が個人を特定するのは難しい。衛士達はその立場上、手配書にはよく目を通しているだろうが、一見してそれと見破るというのは、相当に稀《まれ》な筈だった。

「〈魔王〉殺しの大罪人ですから、手配書も微に入り細に入り書き込まれていたのかもしれませんねー。彼女の言葉を借りれば、冤罪《えんざい》ですけどー」

とダンカンの言葉に頷いて言うミルドレット。

「要するに、〈魔王〉殺しの大罪人が、のこのこ『街に入れてください』と出てきたので、魔族共はこれ幸いと捕まえに掛かったと？」

「多分そうですねー」

「大罪人だから裁判も何もなしに殺しに掛かったと？　はっ――」

ダンカンは肩を竦める。

「実力主義で、法よりも個人の判断が優先される社会とは聞いてたが、まったく魔族は野蛮この上ないな。素晴らしい。この調子で魔族同士殺し合ってくれりゃあ、俺は嬉《うれ》しくて小躍りしてしまうんだがな？」

「首を斬られたのは単にー、魔術師だからでしょうねー」

忌々しげに吐き捨てるダンカンに、ミルドレットが苦笑する。

「魔術師は事実上、武装解除できませんしねー……拘束すら専用の道具が要りますしー、彼女が魔術師だというのも手配書には書かれていたでしょうしねー」

呪文詠唱さえできれば、大抵の場合に、魔術師は簡単な魔術を使える。

そんな相手を完全に無力化しようと思えば、確かに呪文詠唱ができない状態にするしかなく……現場で大急ぎで、となれば喉を切るのが一番、手っ取り早い。実際、人類側でも魔族側でも、攻撃的・破壊的な術が使える魔術師は、捕虜にされることなく殺されることが多いという。捕まえて無力化しておくのが、面倒だからだ。

ミユリの首や、イマルの街の『犬小屋』で使われていたあの首輪こそが、ミルドレットの言う『専用の道具』であろう。恐らくは錬金術師に作らせたものだが……この手のものは高価で生産性も悪く、数を揃《そろ》えるのは難しい筈だ。なので衛士達はとりあえず、一番手っ取り早い魔術師の無力化方法を試みた——ということであるようだった。

「何にしても『初めてのお遣い』は失敗ですねー。次からはミユリさんにも変装してもらうしかないでしょうかねー」

ミルドレットは馬車から降りて周囲を見回しながら言った。

街道から少し外れた森の中に馬車を停めているので、通りかかった魔族に見咎められる——という恐れはほぼないと思われるが、念のためにと周囲を偵察するつもりだろう。

「……色々な魔族が喋ってたからよく聞き分けられなかったけど」

と——ふと思い出したかのようにメルダが言った。

「『ゴドモン送り』って言葉が聞こえたかな。何度か」

「ゴドモンー？」

と歩き出そうとした矢先、足を止めて聞き咎めるミルドレット。

「なんだ？　聞き覚えが？」

「確かゴドモンってー……魔族の監獄だったようなー……」

ダンカンに問われてミルドレットは首を傾げる。

「――あ」

とクレトも思い出した。確かライルが魔族に捕まって放り込まれたのもゴドモンという名の監獄だった筈だ。

「イマルの街で昔の知り合いに会ったんですけど……その人が、確かそのゴドモンって監獄から逃げてきたって……」

「なに？」

思いの外、強く反応したのはダンカンだった。

「魔族が、捕虜をとったというのか？」

「え？　あ、まあ、結果としてはそういうことになるとも言えます。その知り合いも元僧侶で法術使えたんで、殺されずに捕虜として、というか奴隷として生かされてたそうですけど」

「監獄……法術使い……捕虜……奴隷？」

太い眉を顰《ひそ》めてダンカンが呟く。

「どうしましたかー、リンデン卿ー？」

とミルドレットが尋ねてくるが、ダンカンはそれには答えず——

「この何年かの戦闘で捕まった奴《やつ》もそこにいるんだな？」

と御者台から降りてクレトの方に詰め寄ってきた。

元々険しい顔付きのダンカンだが、今は常にも増して何か殺気じみたものを漲《みなぎ》らせていて——はっきり言って怖い。ものすごく。

なので思わず身を反らしながらクレトは答えた。

「いや、でも、法術使いだけだとは思います……けど」

ミユリが喉を斬られたことからもわかる通り、魔術師は——攻撃的な法術を使える者は、無力化しておくのが面倒だから、勿論すぐに殺されただろう。そして魔族は捕虜をとらないと言われているし、普通の戦士や騎士も殺されただろう。ライルはむしろ例外の筈だった。

「そこは……具体的にはどこにある？」

「リンデン卿？」

「…………北東……湖ノ中……」

震える声がそう告げてくる。

「ミユリさん？」

慌ててクレトがふり返ると、血の気を欠いた不自然なほどに白い顔で、しかし身を起こしてミユリが続けた。

「ゴドモン……元々……反逆者……入れル獄……王都から遠イ所……」

「——そうか。そうか、そうか、そうか。なるほど？」

ダンカンは小さく頷いて。

「俺ぁちと寄り道がしたい。したくなったぞ？」

そんなことを言い出した。

●

ゴドモン。

それは広大な湖の真ん中に位置する島を、丸ごと使った監獄の名だ。

天然の深く広い水堀に囲まれた要塞の如き施設である。

魔族社会の罪刑に関する法についてはクレト達もよくは知らない。ただミユリが語ったところによると、罪人を人類との戦争の最前線に、それも最も死傷率の高い現場に駆り出すという『運用』方法は、魔族領域ではよく行われるらしい。

このための施設として、ゴドモン監獄は前線に程近い場所に造られた。

勿論……罪人に武装させて戦わせるわけではない。食料を中心とした各種物資を運ばせたり、本隊よりも先行させて罠《わな》や待ち伏せがないかを探るための、『消耗』前提の使い方が基本なのだそうだ。

当然……罪人の死傷率は高いわけだが。

「どうセなら『使イ減り』……しなイようニ、罪人を、治療、させること、考えまシた」

多少回復したらしいミユリはそう説明した。

だが元々魔族に回復系の法術使いは――人類側の言うところの『治癒』や『復元』に相当する魔術を扱える術師は少なく、そうした者達はむしろ優先的に、正規の部隊に配される。

辺境のゴドモン監獄にまで術師が回ってくることはまずない。

そこで魔族達は――人類側の法術師を戦場で見掛ければ、これを捕まえてきては負傷した罪人の治療をさせているらしかった。これはゴドモン監獄の獄卒達が――つまりは現場の魔族達が独自に始めたことで、中央の魔族達はこれを事実上黙認しているのだとか。

「お偉方の決めた画一的な制度じゃ現実には対応しきれないんで、現場で色々『工夫する』のは人類でも魔族でも一緒ってことですか……？」

その手の臨機応変さは末端の官吏にもしばしば求められる。

役所で庶民の苦情窓口として、あれやこれやの無理難題を処理させられてきた末端の役人としては、実に納得のいく話であった。

「しかし……なんというか……」

『遠視』の法術で件《くだん》のゴドモン監獄を見ながらクレトは溜息をついた。

島の上に監獄があるのではない。

島がそのまま監獄なのである。

その陸上部分は外縁をぐるりと高い壁で囲まれており、一定間隔で幾つもの物見塔が配置されているのが見えた。

「……中は……どうなってるのかな」

呟いてからクレトは追加で呪文詠唱。

法力を著しく消耗するが『遠視』の法術は光を曲げて壁の向こうも見ることができる。

中に視線を送り込むと、分厚い壁の内側には、規模こそ小さいが町のような、村のような──平屋の建物がごちゃごちゃと中に建てられている風景が見えた。畑のようなものすらあちらこちらに散見される。

どうやら、ある程度の自給自足を囚人にさせているようだった。

「凄《すご》いな……普通の軍隊も駐屯してるのかな」

「……イえ」

ミユリが首を振って──顔をしかめる。

『治癒』の法術で傷は塞いで肉と皮は繋《つな》いだものの、まだ神経に痛みが残っているのだろう。神経部分はどうしても他と比べて治りが遅い。

「正規の軍隊ハ……ゴドモンに寄っテ、罪人を『借り出しテ』いくのガ通例、ト聞いていマス」

「正規の軍隊が駐留するとなるとー、人類の法術使いを奴隷として使っていることも黙認はしにくいでしょうしねー」

とミルドレットが言う。

「まあその辺の、お偉方の頭の固さと、現場の柔軟さ——というか臨機応変さはー、人類も魔族も大差ないですねー」

「魔族が小賢《こざか》しいことを」

と吐き捨てるように言うのはダンカンである。

「だが正規の部隊がいないというのなら、こちらとしては好都合だ」

「……まさかとは思いますけど、リンデン卿？」

クレトは『遠視』の法術を解除すると——ダンカンの巌《いわお》から削り出したかのような四角い横顔を見ながら言った。

「あそこに攻め込もうとか考えてませんよね？」

「なんだ、小役人？　俺がそんなことを企《たくら》むような奴に見えるのか？」

「……違うんですか？」

「違わんな」

「……リンデン卿……」

「俺の戦友が、あそこに捕まっているかもしれないんだよ」

ダンカンは——呆《あき》れるクレトの顔を正面から見て言った。

「魔族に殺されたと思っていたが、法術師なら奴隷として生かされている可能性があるのだろう？」

　とダンカンは己の顔に残る傷跡を指先でなぞりながら言った。

「従軍法術師に命を救われた者は多い。俺もその一人だ。もし従軍法術師が一人でも生きているなら、助け出したい」

「……無駄ナことをしテいる暇はないデす」

「………………」

　ダンカンはしばらく――まるでミユリの言葉が聞こえていないかのように、ただクレトの顔を真っ直《ま》ぐ《す》に見ていたが。

　やがてゆっくりと、殊更に時間を掛けて、魔族の娘に視線を向けた。

「無駄と言ったか。雌犬」

　低く唸《うな》るかのような声がそう問う。

「……少し、デも、早く、陛下、復活シテいただカなくテハなりマセん」

　先述の通り『復元』やこれに類する法術・魔術――局所的な時間遡行の術は、時間の経過と共に難易度が上がっていく。

　周囲の時間との帳尻合わせがしにくくなっていくのだ。

　いかに〈魔王〉が凄い存在で、〈魔王〉の心臓が魔力に満ちた遺物であったとしても、法術や魔術に共通する基本の術理から外れることはない。時間が経てば経つほどに、彼女を復活させる難易度が上がっていくのは間違いないのだ。

「陛下、復活なされレバ、講和、できまス。死者減りマす」

一瞬、睨《にら》み付《つ》けてくるダンカンに対して、怯《ひる》むように首を竦めたミユリだったが、彼女は一度溜息をついてからそう言った。

「まあ助け出せるとしてもー」

とミルドレットが首を傾げて言った。

「何人の法術使いが捕まっているのかわかりませんけどねー……私達が人類領域まで護送するわけにもいきませんよー？　助けただけで放置とかしたらまた捕まるのではないですかねー？」

「…………」

ぎり、とダンカンが歯を噛み締める音が響く。

ミルドレットの言うことはもっともだ。

ライルは自らの脚で逃げてイマルの街まで辿《たど》り着《つ》いたようだが、本人の言う通り、運が良かっただけだろう。

奴隷として獄に繋がれている以上、体力は落ちているだろうし、もしなんとかして監獄島から連れ出せたにせよ、彼らを放り出していっては、また捕まる——どころか、脱走者として見せしめに殺されかねない。

かといって、ここからまたイマルの街まで、何日も掛けて——貴重な時間を費やして、皆で戻るというのも、賢い方法とは言えまい。

何より、本当に人類の法術師が捕まっているのか……それを確かめる術もない。前述の通りクレトの『遠視』の法術も色々と制限があるし、いざ助けに行ったらすでに皆死んでいた、などという可能性もある。

「……………」

ダンカンは唇を噛んで俯《うつむ》いている。

気持ちだけで不可能を可能にはできない。厳然たる事実を前に、根性論で片付けてしまわないのは、さすが歴戦の兵だけはあるが――

「俺が生きて妻子の所に戻れたのは、魔族の攻撃を喰《く》らって瀕死《ひんし》だった俺に、ある従軍法術師が……自身も怪我《けが》を負いながら『治癒』をかけてくれたからだ」

「――え？」

思わず眼を丸くして驚きの声を漏らすクレト。

「リンデン卿、結婚してたんですか？」

「……驚くのはそこかよ」

とダンカンはわずかに苦笑してから続けた。

「俺の顔の傷は、だから、法術師の己の身を顧みぬ奮闘の証《あかし》さ。法術師も大怪我を負ってたんでな。法力の残りが足りなかった。二人して生き残るために、全身の傷のどこを癒やしてどこを放置すべきか、あの土壇場で法術師は必死に考えて、『治癒』をかけるべき部分を選んだ。俺は生き残った代わりに顔に傷が残り、その法術師は――片眼を失った」

「………」

壮絶な話である。クレトは自分がその立場になったら、最善の選択ができるかどうかは正直言って自信がない。

「部隊は俺と法術師を残して全滅、俺は傷痍軍人《しょういぐんじん》として、予備役という名の名誉退職――だがその法術師は別の部隊に配属になった。従軍法術師は常に不足しているからな。後方勤務にはなれんかったようだ。で――その部隊もまた全滅したとかでな。法術師は行方知れずさ」

「それは……」

「その法術師さんがあの監獄に生きて囚《とら》われている可能性は高くないですよー？」

「わかってる」

ミルドレットの身も蓋もない突っ込みにダンカンは顔をしかめる。

「だが俺は、我が身可愛《かわい》さに、助けられる者を助けずに通り過ぎるような生き方はしたくないんだよ。そういう考え方すら失ったら、騎士なんぞただの殺し屋だ」

「まあそもそも『助けられる』とも思えないんですけどね」

とクレトは言った。

「そこの〈勇者〉がいてもか？」

とダンカンはメルダに眼を向ける。

「〈勇者〉は〈魔王〉の城に殴り込みを掛けて生還したと聞いているが？」

「そうだけど。私以外全員死んだよ。リンデン卿、死んでもいいの？」

やはり淡々とした感情の滲《にじ》まない顔と声で言うメルダ。

「〈勇者〉はあくまで単身で強いだけですからねー」

とミルドレットが付け加えるように言う。

「いざ戦闘となるとー、強すぎて周りがついていけないというかー……」

メルダは強い。異常に強い。桁違いに強い。

それはクレトも身をもって体験している。

メルダ個人があの監獄島に殴り込みを掛けて、誰かを殺してくる――というのなら、可能なのかもしれない。いや。実際、可能だろう。

だが彼女の力はあくまで個人の戦闘能力であって、それ以上でもそれ以下でもない。

誰かを助け出そうとするなら――一人ではさすがに手が足りない。

先にメルダが街で魔族の衛士達を皆殺しにしなかったのと同じだ。

怪我人が一人いれば、そうでない者二人を足止めできる。逆に言えば怪我人を一人運びだそうとするなら、最低でもメルダ以外に一人か二人は必要になるし、何人の捕虜がいるのかすらわからない以上――百人の部隊でも手が足りない可能性がある。

「諦めろというのか……」

ダンカンが無念そうに言うのを見ながら――クレトは溜息をついた。

「でもミユリさんが顔ばれしてるんですよね」

「……エ？」

とミユリ本人が眼を瞬《まばた》かせながら声を漏らす。

「ミユリさん、さっきの街で手配書の人物だって――〈魔王〉殺しの罪人だってばれちゃったわけでしょう？　当然、ミユリさんがこの辺にいるって報告、あっちこっちに行くと思うんですよ」

「そレは……」

「ここから更に魔族領域の奥に向かうにあたって……あちこちで臨検されると、ちょっとまずくないですか？　人類が変装してるところまでは思い至らなくても、ミユリさんも変装してるってことは考えられるだろうから、細かく細かく姿を確認してくるだろうし」

「確かにそれはまずいですねー」

とミルドレットが同意する。

「だったらいっそもう、ミユリさんを僕らが、あそこに突き出したらいいんじゃないですかね？」

「……小役人？」

さすがのダンカンも眼を丸くして――ゴドモン監獄島を指さすクレトを見つめた。

ゴドモン監獄島に出入りする方法は基本的に一つだけだ。

正門に直結した跳ね上げ式の橋を通るしかない。

ひょっとして水中を潜っていけば橋に頼らなくてもゴドモン監獄島に入り込めるのではないか——ともクレトは考えたのだが、念のためにと『遠視』の法術で探ってみたところ、見るからに凶暴な感じの——ずらりと口の周りに牙を生やしたでかい口の大型魚が何匹も泳いでいるのが見えた。鰐《わに》の手足を鰭《ひれ》に変えたような姿で、さすがに人類を丸呑《まるの》みは無理にしても、一嚙みで腕一本くらいは付け根からもぎ取っていきそうだった。

ついでに……湖底に堆積する大量の骨も見えた。

動物の骨にも思えたが、あるいは人類や魔族の骨も混じっているのかもしれない。肉食魚の犠牲者のなれの果てだ。

では——空からはどうか？

『浮遊』の魔術や法術を用いて、という方法も当然に考えたのだが、これも現実的とは言えなかった。そもそもクレトは『浮遊』の魔術が使えないし、使えたとしても、移動速度はかなり遅い。のんびり壁越えをしているうちに物見塔に見つかってしまうだろう。

矢でも射掛けられて姿勢を崩せば、術が破れてやっぱり湖に真っ逆さま——大型魚に嚙み付かれることになる。

無論、大型魚と戦いながら湖を渡る方法もないではないのだが、これもまたまず間違いなく物見塔に発見されてしまう。監獄側に警戒されれば捕虜を探し出して救出するなど、とても無理だろう。

そういうわけで………

「〜〜〜ッ！」

クレトには意味のわからない魔族の言葉が聞こえてくる。

続けて轟音と共に正門に直結した跳ね橋が湖畔で待つクレト達の方に下りてきた。

縛り上げたミユリをよく見えるように岸辺に立たせ、しばしメルダと共に手を振っていると、さすがに物見塔がクレト達を見つけてくれたらしい。

「〜〜〜ッ！」

島と岸を繋いだ橋の上を、十名ばかりの武装した魔族が駆けてくる。

恐らくはこのゴドモン監獄島の管理者——獄卒、看守、そういった類の者達だろう。彼らはやたらに柄の長い三叉槍《トライデント》を携えており、瞬く間に大きな円を描いてクレト達を取り囲んだ。

「〜〜〜ッ？」

「〜〜〜ッ！」

怒鳴り声と共に、いかにも凶器然とした三叉槍が突きつけられる。

そしてその向こうには、見るからに殺気を滾《たぎ》らせた魔族達が柄を保持しながらクレト達を睨んでいる。

（こっ………怖っ………⁉）

正直——クレトは小便をちびりそうだった。

魔族としての変装は上手くいっている筈だが、今この瞬間に見破られて槍で突き殺されるかもしれない。そう思うと生きた心地がしない。やっぱりやめておけば良かったとも思ったが……もう遅い。

「〜〜〜〜ッ！」

何やら魔族が吼えているが、クレトにはやはり彼らが何を言っているのかはわからない。だが概《おおむ》ね想像はつくので——予《あらかじ》めミユリに木の板の上に黒炭で書いてもらった『会話文』を示した。

「〜〜〜〜ッ？」

「………………」

クレトは身振り手振りで、ミユリと木の板を交互に指さす。

木の板には概ね以下のような主旨の言葉が並んでいる。

『魔王殺しの下手人を捕まえた』『手こずった』『黙らせるために喉を斬った』『魔術を使うので、自分達も被害甚大だった』『報奨金が欲しい』

——等々と。

そしてクレトとメルダは——体中、あちこちに血の滲む包帯を巻いている。顔も半分以上が包帯で隠れており、隠れていない部分には乾いた血がついていた。

これは実際の流血の跡だ。

頭部は小さな傷でもよく血が流れる。なので額に軽く刃物で傷を作って血を流してから、『治癒』で塞いだのだ——『まともに喋れないくらいの重傷を負ったが、何とか手配の罪人を捕まえた』風に見えるように。

(騙《だま》されてくれ騙されてくれ騙されてくれ……)

胸の内で祈るかのようにそう唱えるクレト。

さすがは〈勇者〉——いや元〈勇者〉、メルダはまるで怯《おび》える様子もなく平然と立っている。クレトも顔の半分以上が包帯で隠れているので、恐怖に引《ひ》き攣《つ》った表情は獄卒達には見えない筈だったが。

「〜〜〜〜ッ!」

獄卒らしき者達は、頷き合うと、監獄島の方へと戻っていく。

途中で立ち止まってふり返り、手招きしているところを見ると、とりあえずはクレト達がミユリを捕まえたのだと認めてくれたようである。

「……上手く行ったのかな」

「多分ね」

声を潜めて言葉を交わすクレトとメルダ。

ちなみにミユリとは会話はできない。呪文詠唱を防ぐために——という態で、猿轡《さるぐつわ》を噛ませてある上、首にはクレト達と同様に血の滲んだ包帯を巻いているためだ。万が一、包帯を取られても、そこには先の街で付けられた本物の傷跡が見えるだろう。

「クレトお兄ちゃん凄い。私は考えもつかなかったよ」

とメルダが評してくるのは――この潜入のための偽装は全てクレトが考えたからだ。

「小手先の誤魔化しというか、誰かを丸め込むのは得意なんだよ。あんまり褒められたことじゃないけど」

そもそもメルダの場合、単純な力押しで大抵のことはどうにでもなるからこそ、策を弄するという考え方がないのだろう。

「問題はここから……だけども」

クレトは、ミユリを監獄島の魔族に直接突き出すことを提案した。

勿論、これは今になってミユリを裏切った――わけでは勿論ない。

ミユリは先の街で衛士に目撃されている。

だからこの先、魔族領域の西方区域、つまり緩衝地帯近くの区域では、様々な場所で警戒が強化されることは想像に難くない。それはクレト達の道行きが非常に困難になってしまうということで、非常にまずい。

ではどうすれば良いのか？

ミユリが『捕まった』事が周知されれば良い。

ミユリを監獄島に収監させることで、その報告を獄卒達にさせて、警戒態勢を解除させるのだ。

そしてその際に監獄島の内情を探る。

ダンカンが救出を切望する法術師達が本当に中にいるのか。

いるとすれば何人か。いるとすればどこにいるのか。

その情報が手に入れば――そこからまた方策を練る。

何もわからないままでは何もできない。

(とはいえ、問題は――その後なんだけども)

まさかミユリをここに捕まったままにして去るわけにはいかない。

かといってミユリ共々脱出したと監獄島側に知られれば――結局はまた警戒態勢が敷かれてしまう。それでは意味がない。

だからミユリには『死んで』貰《もら》わねばならない。

捕まっていた法術師達も。ミユリも。クレト達も。

全員――脱出に失敗して死んだ、と認識されるのが最も望ましい。

(帳尻を合わせるんだ)

役人の仕事の基本である。書類上で帳尻さえ合っていれば、皆が『そういうもの』だと思ってくれる。

そのために――

(リンデン卿とミルドレットさんが上手く用意してくれてればいいけど)

そうこうするうちにクレト達は橋を渡りきっていた。

門をくぐり抜けて、島の外周を取り囲む『壁』の中に足を踏み入れる。

（これは……）

切り出した石材を積み上げて造られた頑強な壁と床。

『壁』といいつつ、それ自体が内部構造を持つ建物だ。奥行きこそあまりないが、中には緩く緩く彼方《かなた》まで湾曲して続く廊下があり――そこに幾つもの扉が、窓が、並んでいる。

獄卒達の宿舎。監獄を運営するための資材倉庫。その他諸々《もろもろ》。

そうした施設は全てこの『壁』の中に組み込まれているのだろう。

そして――

（……『遠視』で見たのはあれか）

窓から『壁』の内側が――『壁』が囲い込んで外部と隔絶している島の内側が見える。

地面の凹凸こそ激しく、あちこち坂道や蛇行する道が見受けられるが、その左右には何十何百という掘っ立て小屋が並んでいる。

罪人をここに住まわせているのだろう。

人類の監獄のように囚人を個人や小集団に分けて管理するという発想はないらしい。町や村ごとまとめて閉じ込めている状態だ。

（法術師がいるとしたら……この『町』の中？　それとも『壁』の中？）

法術師を医者代わりに使っているのなら、むしろ『壁』の中の部屋に軟禁されている可能性が高いが――

「～～～ッ！」

獄卒達は数歩先を歩いていたミユリを囲んで彼女の首に何かを巻いているようだ。

「メルダ。何言ってるのかわかる？」

「～～～ッ！」

「報奨金が欲しいならここに立てって」

獄卒達はミユリのすぐ横を示している。

クレトとメルダは言われるままに彼女の傍《そば》に改めて立った。何やら他と違ってそこだけが石畳ではなく、鉄板が敷かれているようで――

（引き離されないのは良いけど……）

実のところ、クレト達の抱いていた懸念の一つが、早々にミユリと引き離され、『お前達はもう用済みだ』と監獄島から追い出されることだった。それでは内部を探ることができない。だからクレトは先に『報奨金をくれ』という要求を木の板に書かせたのである。

〈魔王〉殺しの大罪人に懸けられた賞金。

決して少額ではない筈だ。支払うにしても手続きは必要になるだろうし、監獄島にそれだけの金があるかも怪しい。だからこそ『報奨金をまだ受け取っていない』事を理由に居座るつもりだったわけだが……

「～～～～ッ！」

更に獄卒達が何か叫ぶ。

そして――

「――え？」

次の瞬間、クレトの足の下から床の感触が消えた。

一瞬の浮遊感。

「えええええあああああああああああああああっ⁉」

そして次の瞬間――クレトはその場に悲鳴じみた声を残して落下した。

クレト。メルダ。そしてミユリ。

三人は――唐突に床にあいた穴から落ちてゆく。

まるで掃き出し口から棄《す》てられるゴミのように。

(僕らごと監獄に投げ込む⁉)

良くも悪くも、クレトは戦線から遠く離れた王都の官吏だった。

誤魔化しはいくらでもあったが、概ね全ては法に則《のっと》って仕切られていた。仕切られるものだと思っていたし、彼自身もそう仕切ってきた。法が表向きはきちんと制定されて運用されているからこそ、その裏側を突くような小細工も可能なのだ。

だから……考えが至らなかった。

戦線に近く常に混沌《こんとん》としている現場では『ばれなければ何でもあり』だと――つまり『平和で上品な』場所ではあり得ないくらいに、雑で強引で無茶苦茶な脱法行為が、当然のように横行するものだということに。

賞金首を、連れてきた者達ごと、面倒臭いとばかりに、監獄に投げ入れてしまうような。

「ああああああああ⁉」

殆ど垂直の縦穴を、何度も跳ねて転がり落ちながら――クレトは自分の読みが甘かったことを思い知らされることとなった。

●

ほんの少し気絶していたらしい。

「…………う」

瞼《まぶた》を開くとまず見えたのは自分を覗《のぞ》き込《こ》む少女の貌《かお》だった。

メルダ・チェンバース。

クレトの妹にして元〈勇者〉。

人類最強――唯一無双の、聖戦士。

「メルダ……よく似合う。可愛いよ」

ぼんやりとクレトはメルダが付けている獣耳をそう評して。

「……じゃなくて。何言ってるんだ、僕は。メルダ、大丈夫？」

「それ私が聞くことだと思う。お兄ちゃん、大丈夫？」

言葉とは裏腹に不安げな様子は微塵《みじん》も見せず無表情に尋ねてくるメルダ。指先で操作しているのか、その頭に付けた獣耳がぴょこぴょこと動くのが見えた。

「まあ……あちこち痛いけど、多分」

基本的に打ち身ばかりで出血は殆どない。あちこち包帯を巻いていたせいで、滑落しても傷がつかなかったのだろう。

「獄卒達は、報奨金は自分達のものだ、とか何とか言ってた」

「……ああ、やっぱりそういうことか」

弑逆《しいぎゃく》の大罪人に懸けられた多額の報奨金。

それは辺境の監獄勤めの獄卒達にとっても、非常に魅力的なものであったらしい。横取りを当然のように思いつき、微塵の躊躇も逡巡《しゅんじゅん》もなく実行してしまえるほどの。あるいは金銭だけでなく何らかの地位や便宜を図ることも約束されていたのかもしれない。

で――本来の権利者は監獄に放り込んでおけば口封じになる、と。

「考えてしかるべきだったな。危ない……」

監獄に放り込む、と考えてくれたから良かったようなものの、殺してしまおうと考えられていたら、面倒なことになっていた筈だ。

まあそうなったらなったで、メルダが黙ってはいなかっただろうが……

「ミユリさんは？」

――と言ってからようやくクレトは気がついた。

自分が誰かを下に敷いていることに。あちこち痛みで触覚が麻痺《まひ》していたため、気がつくのが遅れてしまったのである。

「ミ……ミユリさん⁉」

身を起こそうとして更にクレトは気付く。彼をミユリが腕を回して抱き締めていたのだ。恐らく落ちている最中に彼女はクレトを庇《かば》おうとしてくれたのだろう。

「えっと、ミユリさん、大丈夫ですか？」

彼女の上から転がるようにして下りながらそう尋ねるクレト。

頭でも打ったのか、束《つか》の間《ま》、彼女はぼんやりとしていたようだったが——

「あ。クレトさン」

眼を瞬かせてそう応じてきた。

「僕、ミユリさんを下敷きにしちゃってました？　すみませ——」

「あ、いエ……」

と何故《なぜ》か頬を赤らめてミユリがクレトから眼を逸らす。

「クレトさンが、無事で良かっタ、でス……私……大丈夫……」

「あ……はぁ」

何やら気恥ずかしく思ってクレトもミユリから眼を逸らす。

「僕達が落ちてきた穴は——」

話題を変えるのも兼ねて視線を上に向けると——『壁』にあいた穴の鉄扉が閉じるところだった。

恐らく上の方で操作してこの鉄扉は開け閉めできるようになっているのだろう。更にその上には、幾つもの窓があって、そこから獄卒達がこちらを見下ろしているのが確認できた。

（落ちてる途中で、付け耳と尻尾が外れなかったのは幸いだった……か）

もしクレトとメルダが人類だとばれていたら、監獄内に投げ込むだけでは済まなかっただろう。

「……というか一応『遠視』で見てはいたけど、何だこれ、本当に」

改めて眼の前に広がる光景を眺めて――クレトは唖然《あぜん》とした。

監獄、という言葉から人は何をまず想像するか。

大抵の場合、鉄格子の嵌まった大量の小部屋が並ぶ風景ではないか。

実際、人類の監獄は殆どがそういう形式を採る。罪人の群れを小分けにして、小さな檻《おり》の中に閉じ込める。極端に自由を奪って、その不便さをもって『悔い改めよ』と迫る。

だが……ここにはそんなものはない。まったくない。

あるのは実に粗末な感じの小屋だの何だのばかりである。

どちらを向いても視界の果てには『壁』が立ちはだかっているという点を除けば、それは場末の小さな町か村――といった趣だった。勿論、建築の形式……窓の形、扉の形、それらの位置といった諸々の部分は、魔族の様式になっていたが、とにかくクレトにはそれが単なる小屋の群れにしか見えなかった。

「どう見てもただの村だよ、これ。いや。むしろ――」

「罪人……牧場、でス」

とミユリが先を読んだように言ってきた。

「生かしておく、だケ。罪人、中で争ッテも、獄卒、関知しマセん」

「やっぱりそうか。監獄の中に村を造ったんじゃなくて……」

村を壁で囲って監獄にした――だけなのだ、これは。

単に外界から隔離して放置しているだけだ。

先にミユリに聞いた限りでは、ここはいわゆる魔族の社会体制に対して、何らかの反抗的活動をした罪人達――いわゆる『政治犯』を収容するための監獄だ。そして魔族の社会においてその種の『反逆者』は事情にかかわらず死刑か無期懲役になるらしい。

「だから中で罪人達が争っても、獄卒は関知しない。壁の上から見下ろすだけ……か。ひどいというか……適当というか……」

眼の前の風景は確かに町や村のそれだ。

だがしかし、そこに本来あるべきものの姿を欠いている。

住人。罪人としてここに囚われている筈の魔族。

彼らの姿が見当たらない。

気配は――というよりクレト達に向けられる数多《あまた》の視線の圧力は感じられるのだが、それらは全て粗末な小屋の中から放たれていた。

誰も外に出ていない。誰も外に出てこない。

ただ――

「見てるね。私達を」

メルダが呟くように言う。

だが今はそのことを気にしている余裕はない。

「……とりあえずどこか……建物の中に入ろう」

クレトはメルダとミユリを促すと、とりあえず歩き出した。

●

湖の北側には、水際まで森が迫っている。

ダンカンとミルドレットはその森の中に馬車を停めていた。

「上手くいきますかねー」

悲壮感を欠いた呑気《のんき》な口調で言うミルドレット。

彼女とダンカンはクレト達の脱出を支援するための下準備を行っていた。

特にミルドレットはのんびりした口調とは裏腹に、ずっと忙《せわ》しなく手を動かしている。

具体的には――馬車に積んである資材と森で調達してきた木の皮や枝、蔦《つた》や蔓《つる》を使って、罠を作っているのだ。鉄顎《トラバサミ》のような簡単な罠なら元々幾つか馬車に積んであるのだが、大型の獣を複数狩るとなると、さすがに心許《こころもと》ないということで、現地調達の材料で追加の罠を用意しているのである。

これは単に予備の食料を得るため――だけではない。

クレト達の脱出の助けになる『囮《デコイ》』の準備でもある。

「………」

一方でダンカンはといえば――腕を組んで立ち、ゴドモン監獄島を睨んでいた。一応、彼もミルドレットの指示を受けて簡単な作業を手伝っているのだが……しばしば手を止めてしまうのだ。

その顔はしかめられていて、普段にも増して厳《いか》めしい。

クレトから今回の作戦を聞かされた際、自分で潜入する――と主張したダンカンだったが、元々ダンカンの魔族変装が心許ないことに加えて、強引に脱出する際の戦力として期待される〈勇者〉メルダが、クレトと離れることを了承しなかったため、ミユリを『突き出す』態で潜入するのはクレトとメルダになってしまったのである。

それが今もってダンカンは不満であるわけだが――

「リンデン卿。そんな所で突っ立ってないで、手伝ってくださいよー」

「………ああ、すまん」

ダンカンは腕組みを解き、足下に放り出してあった縄を手に取った。

「クレトさんやメルダちゃんが心配ですー？」

「まあそうだな。心配だ。小役人と〈勇者〉なんぞ、組み合わせとしては滅茶苦茶《めちゃくちゃ》だ。他に選択肢がなかったというのは理解してるが、正気の沙汰とも思えん」

と吐き捨てるようにダンカンは言った。

「そうですかー？　いい組み合わせだと思いますけどー。『力』の〈勇者〉と『小細工』の役人さん」

「…………」

ダンカンは黙ってミルドレットの指示通り縄に一定間隔で結び目を作っていた——が。

「〈勇者〉——そう呼ばれているアレの噂《うわさ》は、何度か聞いた」

「噂？　ああ、一応秘密兵器扱いなんですよねー、彼女」

「まさしく秘密兵器だ」

ダンカンの声には苛立《いらだ》ちのようなものが滲んでいた。

〈魔王〉に向けて放たれた矢だ。鋭く、速く、だがそれだけだ」

「……どういう意味ですー？」

「アレを、出し惜しみせず、前線で使っていれば——単に前線にアレを投入するだけで、どれだけの兵が死なずに済んだか。挙げ句の果てにアレを〈魔王〉暗殺なんぞという作戦に使ったがために、アレの随伴をした百名の兵は残らず死んだ」

「……そういえば帰ってきたのはメルダちゃんだけなのでしたねー」

「アレは協調なんぞできん。連携もできん。作戦行動？　何の冗談だ？」

ダンカンは縄の結び目に視線を注ぎながら言った。

「徹底的に、壊滅的に、根本的に、アレは──独りだ」

「………………」

「見ればわかる。会って確信した。アレはそもそも血反吐《ちへど》を吐いて武芸を磨き、技や術を身につけてきた者ですらない。聞けばアレは最初から〈勇者〉として生まれていたという。錬金術師共が用意した奴を育成する施設も、あくまで戦闘に『慣れさせる』程度で、鍛え上げるという意味では、さして効果はなかったとか」

預言に謳《うた》われた人類最強の聖戦士。

天才を超えた神懸かりの域、戦闘力の怪物。

だが──突出するが故に、あの少女は存在として孤立している。

空を舞う鳥に地を這《は》う虫の気持ちは理解できまい。

地を揺るがす巨獣は風に飛ばされる虫の喜怒哀楽を知るまい。

身体が違う。感覚が違う。眼が違う。耳が違う。力が違う。

全てが桁外れ。何もかもが──凡人の域とは隔絶している。

凡人の気持ちがわからない。凡人の考えを察することができない。そもそも最初から最強として存在していた上に、敗北すら知らないので、他人と協調し連携するという必要がまるでない──微塵も、ない。

「アレは怪物だ。アレの最も効果的な使い方は、敵陣に放り込んで破壊と殺戮《さつりく》が広がるに任せるに限る。火矢を打ち込むかの如くに」

最低限、知識としての常識、知識としての戦術は身につけているようだが——根本的にそこには実感がない。それどころか、あの仮面のように無表情な少女は、感情を表に出さないのではなく、そもそも表情を形作るであろう喜怒哀楽がないのではないか。

人間としての心なんて最初から持ち合わせていないのではないか。

そんな怪物を〈勇者〉と呼んで権力者達は有り難がり、その能力の異常な高さ故に、これぞ戦争を終わらせる英雄、預言の聖戦士と崇《あが》め奉り、対魔族戦争に投入した。

結果は——見ての通り。

戦争は終わらず、ただ、百人の従者が無駄に死んだだけだ。

「〈勇者〉一人でどうにかなる戦争なんぞ、あってたまるか」

ダンカンは吐き捨てた言葉の上へ更に唾棄するかのように言った。

「生まれついての最強戦士？　そんなものが戦争を終わらせる？　ならば何のために今まで百年も人類の兵は戦って死んできた？　何のために無数の兵が屍《しかばね》をさらした？　〈勇者〉が生まれるまでの時間稼ぎか？」

「…………リンデン卿……」

ミルドレットは眼を瞬かせてダンカンの顔を見て。

「手、止まってますー」

「…………おう、すまん」

そう詫《わ》びてダンカンはミルドレットの罠作りのための手伝いを再開した。

●

クレトはメルダ、ミユリと共に監獄島内の村の中を歩いていた。

（まずはここの罪人と接触しないと……）

粗末で適当な掘っ立て小屋ばかりが建ち並んでいる。

平屋ばかりでどの小屋も崩れかけ、倒れかけに見えるのは、恐らく釘《くぎ》や鎹《かすがい》といった金具も、鋸《のこぎり》や鑿《のみ》や槌《つち》といった工具も与えられていないからだろう。まさしく手作り。それ以上でもそれ以下でもない。

罪人達は確かにいるようだが、彼らはその小屋の中から出てこない。

恐らく『新参』であるクレト達を値踏みしているのだろう。

（法術師がもしいるとしたら……どこに？）

獄卒達のいる『壁』の中だとしたら、早々にここから脱出してそちらを探索せねばならない。

だがこの『村』の中なのだとしたら？

罪人が『使い減り』しないよう、壊れた道具を修理するかの如く、人類の法術師はここで罪人を癒やす役目を負わされているという。

だが獄卒達は個々に罪人達を管理するつもりはないようだ。

まるで家畜を飼うかのように、『壁』で囲って閉じ込めただけで、後は普段、罪人達に好きにさせているようだった。従軍させる際に引っ張り出すことはあるのだろうが、それ以外は完全に放置されているように見える。

ならば法術師も『村』の中にいる可能性が高い。

わざわざ負傷者を個別に管理などすまい。『治りたければこれを使って勝手に治れ』とばかりに法術師を投げ込むだけではないだろうか。その方が管理が楽で、その方がいかにも魔族らしい。

「とりあえずどこかの小屋に押し入って、話を聞く……のが良いのかも」

とクレトは周囲から音もなく浴びせかけられる視線を感じながら呟く。

その時――

「～～～～ッ！」

突然、扉代わりの布を突き破るようにして小屋の中から二名の魔族が飛び出してくる。

角のある男の魔族と、ミユリ同様、獣に似た耳と尻尾を持った女の魔族。共に手にしているのは武器と呼ぶのも躊躇《ためら》われるような、ただの木の棒だ。ただし膂力《りょりょく》に秀でた魔族が振るえば、ただの棍棒《こんぼう》でも鉄の鎧を文字通りに打ち破る。

「――っ！」

咄嗟《とっさ》にミユリが身構えるが――それ以上に速くメルダが動いていた。

「～～～～ッ！」

叫び声と共に、微妙に機をずらしてふり下ろされる二本の木の棒。

だがメルダは危なげない動きでこれを回避――棍棒の軌道を読んで、最小限の動きでこれを避けているため、本人の動きはむしろゆったりしているようにすら見えた。魔族達にはメルダが避けたのではなく、自分達が目測を誤ったように見えたかもしれない。

次の瞬間、メルダは二人の魔族の間を通り抜けて半回転。棍棒を空振りして姿勢が崩れている彼らの背中を、それぞれ左右の手で押す。

ただそれだけで二人の魔族は無様に――受け身をとることすらできないまま、地面に転倒していた。

「……どっちか片方でいい？」

と――魔族を見下ろしながらメルダが尋ねてくる。

「え？　片方って」

「情報とるために残しとくの。それとも二人共生かしておく？」

と言いつつ、メルダはひょいと軽い仕草で倒れた魔族の片方――角のある男の魔族の首筋に自分の右足を載せた。

要らない、とクレトが言えば、この魔族の首を踏み折るということか。

「ちょ、ま、待って、待って⁉」

クレトは慌てて言った。

「メルダ、余計な殺生はしないって方針なんじゃ？」

「え？　なんで？」

と首を傾げるメルダ。

「この間は、魔族を殺さなかった方が、相手の動きを鈍らせることができるからってだけだよ？　別に今は関係なくない？」

要するにメルダとしては、どちらが状況の要求に沿うか、という判断で殺す殺さないを決めているだけで、別に道義心だの何だのから、不殺を自分に課している、わけではないらしい。

「〜〜〜〜ッ！」

首を踏まれていない方――女の魔族が身を起こすと、改めてメルダに向けて棍棒をふり上げる。相方を助けようとでもいうのだろうか。

「うるさいよ」

言ってメルダが片手を掲げる。

丁度、女の魔族が棍棒をふり下ろした瞬間――これを止めるような形である。ただしメルダの左手は、掌で棍棒を受け止めるのではなく、拳で女の手首を叩いていた。

ぼきり、と嫌な音が聞こえてくる。

「〜〜〜〜ッ⁉　〜〜〜〜ッ！」

女の魔族は手首より少し肘寄りの辺りで見事に折れた自分の手を見ながら、高々と悲鳴を上げる。

「メルダ、まずいよ、まずいから――ええと」

周囲から突き刺さる視線の圧力が一段上がったのを感じながらクレトは、二人の魔族が飛び出してきた小屋を指さした。

「ええと、そこの小屋に二人を――放り込んで。殺さずに。できる？」

「できる」

と頷くや否や、メルダは男の首に載せていた足を下ろすと、続く動作で男の顔を蹴った――いや、違う、男の着ている服の襟首に爪先を引っかけて、そのまま、脚をふり上げたのだ。

軽々と男が吹っ飛んでいって、小屋の中に放り込まれる。

続けて悲鳴をあげ続けている女の方も、メルダはその襟首をつかんで小屋の中に放り込んだ。明らかにメルダの方が小柄なのに、子猫か何かを放り込むかのように軽々と二人の魔族を扱うその様子は、どこか喜劇的ですらあった。

「ミユリさん、通訳お願いします」

魔族の娘を促してクレトはその小屋の中に入る。

メルダも当然のようについてきたのを確認すると、クレトは倒れて呻《うめ》いている二人の魔族の所に膝をついて、頭の獣耳を外して見せた。

「僕は人類の法術使いです。これ以上、襲ってこないと約束してくれるなら、今から傷を治します。約束できないなら、僕らも自分の身が大事なので、この場で貴方達《あなた》を殺します。どちらが良いですか？」

「～～～～～～～～～～～～、～～～～～～～～～～」

即座にミユリがクレトの台詞《せりふ》を通訳していた――が。

「……いや、『治癒』は私がかけます」

不意に――人類領域の公用語が、小屋の奥から響いてきた。

「こちらから襲ったのだから、それが筋でしょう。すみませんが、二人をこちらに連れてきていただけますか？　私は、動けないもので」

「――え」

驚いて小屋の奥に眼を向けるクレト。

メルダがやはり二人をまるで猫の子のように軽々と襟首をつかんでそちらに引きずっていくのを見て、慌ててクレトとミユリもそれを追う。

小屋の奥にわだかまる小さな薄闇。

「――――！」

声から予想した通りの人物が、予想外の姿でそこにいた。

即《すなわ》ち――

「…………うっ」

思わず吐き気を覚えるクレト。

小屋の奥には、初老の痩せた人類男性が一人……座っていた。

その両足の甲に――杭《くい》を打ち込まれ、地面に縫い付けられた状態で。

男が座っているのは大きめの壺《つぼ》のようだが、これは椅子代わりであると同時に、動けない男のための便壺なのだろう。微《かす》かに糞尿《ふんにょう》の悪臭が漂ってくるのがわかる。あれでは風呂に入ることすらできまい。

「貴方は人類ですよね。いきなり襲って申し訳ない。一応、止めたのですが、新入りに対して上下関係を最初に刻み込んでおくのが、何というか、ここの……いえ、魔族領域全体の慣習のようなものらしくて」

「貴方……は」

「アレクシス・ケンドールと申します。元従軍法術師、元従軍僧侶、そして今は、彼ら所有の奴隷――といったところのようです」

自嘲めいた笑みを浮かべながら、男はそう言った。

●

魔族は基本的に捕虜をとらない。

これは魔族の『文化』であるわけだが……基本的にという以上は例外もあるし、文化というものは身も蓋もない実利に押し負けて流されることが往々にしてある。

魔族が人類の法術師を生かしたまま連れ帰るのも、その一例らしい。

ただしこれは魔族にとっては『戦利品を持ち帰る』という認識なのだそうだ。そして捕虜ではないから、人類と交渉して捕虜交換や各種交渉材料に使う、という発想もないのだ。

「色々と使い勝手の良い戦利品、といったところなのでしょう」

アレクシスと名乗ったその初老の法術師は……自分のことをそう言った。

「我々はここの魔族達にとっては『財物』です」

人類の法術は魔族のそれに比べて進んでいる。

種類は多彩で『治癒』や『麻痺』といった医療分野に限らず、生物の肉体に働きかける術だけでも『強壮』『鋭敏』『昏倒《こんとう》』『敏捷《びんしょう》』等々の術があり、これらの術の中には副作用として大きな快楽を被術者に与える場合がある。

こうした法術を娯楽要素に使うべく——副作用を主とした『酩酊《めいてい》』『恍惚《こうこつ》』『安楽』といった法術も生み出された。補助的な効果をもたらすものも多い。性的交渉の際の補助に使って快楽を高める目的の術もある。

つまり……魔族からしてみれば、人類の法術師は健康維持から娯楽提供まで使い勝手の良い道具ということになる。特にこのゴドモン監獄島の村に押し込められた者達にとっては、医療も娯楽も不足しがちだ。

当然……人類の法術師は取り合いになる。

法術師を所有する魔族は、他の魔族よりも『村』での地位が高い。

所有しない魔族に法術師の術を施すことと交換で、『村』の中で栽培された作物や労働力を上納させることができる。勿論、自身も法術師の扱う各種法術の恩恵を受けられる。

極端なことを言えば——極めて単純で幼稚だが、この監獄島の中の村には一応の『経済』が存在し、物々交換かそれに類する形でこの『経済』が回っているということである。

そして法術師はその中に組み込まれた『財物』なのだ。

「……だから他の囚人に取られないように？」

クレトはアレクシスの両足に打ち込まれた杭を見ながら言った。

「他にも、法術師の脱走を防ぐため、ということもあるようです。昨年も、一人——法術師が脱走しまして。その法術師は、手枷《てかせ》で拘束されていたようなのですが、指を……」

手枷は基本的に手首の細さで対象を拘束する。

だが人類の手は、例えば親指を切り落とせば、あるいは手の指の骨を折ったり関節を外して掌そのものを小さく折りたためるようにすれば、手枷を外すことができる。

その後で『治癒』や『復元』の法術をかけながら罪人達から逃れ、更には獄卒の隙を見て逃げ出した者がいたらしい。その結果、手枷は廃れて、この『足を杭で縫い止める』方式に変わったのだとか。

（ライルさん……）

クレトはイマルの町にいたライルのことを思い出す。

恐らくアレクシスが言っている脱走した法術師とは彼のことだろう。

「現在、この監獄島に囚われている人類の法術師は男女合わせて三十名余り――と聞いています。私はこの通り自由には動けませんので、主人から教わった限りですが」

「三十名余り……」

予想よりも遥《はる》かに多い。

「それで……貴方達は？　貴方と、そちらのお嬢さんは人類のようですが……」

とアレクシスの眼はミユリの方を見る。クレトとメルダはすでに付け耳を外しているが、ミユリは当然ながらそのままだ。

「…………」

クレトは床に――いや掘っ立て小屋の中の、地面に這ったままの男女の魔族二人に視線を向けた。一応、アレクシスが『麻痺』と『治癒』の法術を強めにかけているので、もう苦鳴を漏らしてはいないが、意識はある状態だ。身を起こそうとするとメルダが拳をふり上げて牽制するため、共に伏せたままだが。

（もうこの魔族達は、僕とメルダが人類だって知ってるわけで……）

万が一、獄卒にそのことを報告されれば、面倒なことになる。

（余計なことを言えないように、口封じをする？）

だがどうやって？　殺す？　あるいは法術で昏倒させ続ける？

クレトは溜息をついて――改めてアレクシスに向かい合った。

「僕達は、元々別命を帯びて魔族領域を旅していたのですけど。ここに人類の法術師が囚われているって聞いて、救出できないかと……」

「救出？　それはどのような規模で行われるものなのです？」

「それは――」

「三十人の法術師は、大なり小なりこういう状態です」

　とアレクシスは自分の足を指さす。

「この状態で半年以上経過していますから、安定してしまっていて、『治癒』では――『復元』でも治すのが難しいでしょうし、外科的な手術で治せたとしても、即座に神経の方が回復するかどうかはわかりません。いずれにせよ、法術を使ってとりあえず見た目は治せても自分の脚では歩くことすらままならないでしょう」

　つまり三十人の法術師を救出して連れ帰るには――仮に一人の負傷者につき二人の兵が付きそうにしても、少なくとも六十人以上の規模の部隊が来ていなければならない。現実的には獄卒との戦闘で負傷者も少なからず出るだろうから、その更に倍――百二十名でも難しいだろう。

「全部で五人だよ」

　どう答えたものかと悩んでいる間に、メルダがそう答えてしまった。

「え？　ご……五人、ですか？」

「ええ、まあ、その、はい」

　とクレトも渋々認めざるを得ない。

「五人ではそもそも逃げ出すこともできないでしょう」

と呆れた様子でアレクシスは言う。

彼によれば——この『村』に住む罪人は約千四百人、この監獄島の獄卒は百人余りだそうだ。

『財物』扱いの法術師を連れ去るとなれば、獄卒だけでなく罪人達も当然に敵に回る。即ち千五百人を相手に、五人が——三十人余りを連れて逃げ出さねばならないということになるわけだ。

どう考えても不可能である。

クレト達の側に文字通りに一騎当千のメルダがいたとしても。

「というか——百人ですか？　少なくないです？　獄卒の数」

一人で十人以上の罪人を監視・監督していることになるわけだが——実のところ、これが多いのか少ないのか、クレトにはよくわからない。ただ、先に千四百人の罪人と聞いてからだと、やけに少ない人数に思える。

「魔族ノ……監獄……ソレガ普通デす」

とミユリが言い添えてくる。

殊更に個人で分けて独房に入れて管理しているわけではないので、それで充分、ということであるらしい。あくまで彼らは物見塔に陣取って監視をして脱走を警戒するだけなのである。

「……どうしたもんかな」

「諦めてここで暮らすという手もありますが」

溜息をついて呟くクレトに――アレクシスはそんなことを言い出した。

「……は？　え？　何を」

「いえ、貴方は法術師なのでしょう？　少なくとも法術師の奴隷は貴重なので、大事にしてもらえると思いますよ」

「いや、ちょっと待ってください、『大事にしてもらえる』？」

クレトはアレクシスの足を見ながら言った。

「その扱いでですか？」

「まあ、これは仕方ないというか……少なくとも殺されたりはしませんし、殴られることも稀ですよ。むしろ法術師が健康を損ねないように、食事もきちんと食べさせてもらえますし、一応、こうして――」

アレクシスは自分が腰掛けている壺に手で触れた。

「専用の便壺も用意してくれています。さすがに沐浴《もくよく》はできませんが、二日に一度はぬるま湯で身体を拭くこともできます。水は、幾つかある井戸でくめるそうなので」

「…………」

クレトは唖然としてアレクシスを見つめる。

奴隷として――いや家畜として飼われているに等しいこの状況を、まるでアレクシスは

『恵まれている』と言わんばかりである。そういえば先の魔族の男女に『治癒』の法術をかけていた時も、彼は嫌々そうしているという感じではなく、魔族達を慈しむような眼差《まなざ》しを向けていた。

アレクシスが何年、ここに囚われているのかはわからないが――

「そもそもこの監獄にいるのは大抵が反逆罪に問われた者達で。中央で叛乱《はんらん》を誘発せぬようにとこんな辺境に送り込まれたらしいですね」

「………………」

ぴくりとミユリが耳を動かす。

勿論、ゴドモンの罪人達がミユリの仲間というわけではないだろうが――彼らはつまり現在の魔族領域における、反社会的勢力だ。

〈魔王〉が暗殺されるくらいだから、政争もあるのだろうし、その際に敗北して追いやられたというのなら、確かにそれは人類領域でいうところの凶暴犯――凶悪犯罪に手を染めた者達ではないのだろうが――

「要するに彼らは決して無軌道で凶暴な乱暴者ではないのです」

先に棍棒で殴り掛かってきた魔族達の姿を思い出すクレト。

あれが凶暴でなくて何だというのか。

「彼らもやむにやまれぬ事情からこの監獄に収監されているという意味では、我々の同類とも言えるわけで……」

まるで『親近感を覚える』と言わんばかりだ。

クレトは——あまりのことに頭を抱えたくなった。

アレクシスはむしろそんなクレトを微苦笑さえ浮かべて眺めている。その様子は、まるで物事の道理を知らぬ子供に対する大人のように、どこか余裕さえ感じさせて……

「——クレトお兄ちゃん」

クレトが途方に暮れていると、メルダが服の袖を引っ張ってきた。

「あ、すみません、ちょっと——」

と曖昧に言ってクレトはメルダが引っ張るのに任せて小屋の中の端に——アレクシスとは反対に、入り口近くに移動する。

「なに、メルダ？」

「ああいう人。前に見たことある」

とメルダは言い出した。

「ああいう人って……」

「ひどい状況に置かれてるのに、置いた相手のことを恨まないで、庇う人」

「……………」

「前に〈魔王〉を討ちに行った時に、魔族に占領された村を見たことがあるけど」

「…………え」

魔族は捕虜をとらないのではなかったか。

いや。アレクシスの言葉を借りれば、それは村ごと魔族達の戦利品であり『財物』にされてしまったということか。

「あの人と似たようなこと言ってた。その村を占領していた魔族を皆殺しにして村を解放したけれど、そしたら私達を非難してきて」

「その……解放された村人が？」

「うん。何も殺すことなかったとか、魔族には魔族の事情があるんだとか」

「…………」

「魔族に支配されて暮らすうちに、自分に嘘《うそ》をつくようになったんだって従者の一人が言ってた。自分は魔族に支配されて、いつ殺されるかもわからない――って思うのが怖いから、自分から魔族と仲良くなって、恐怖を紛らわせようとしたんだろうって」

メルダは表情のみならず、言い方もひどく淡々としていて人の心理を語っているようには聞こえなかったが……だからこそ冷徹な事実を語っているかのような、説得力があった。

「魔族も村人が協力的だと、段々、扱いが良くなっていったみたい」

「それを『感謝』して……その繰り返しか」

理屈はわからないではない。

僧侶をしていた頃、信者の『罪』の告白を聞くことも何度かあった。

人は絶え間ない恐怖にさらされていると、気持ちが壊れるので、自分を欺くことがある。自分は恐れていない、辛《つら》くない、むしろ幸せで恵まれている――と自分に言い聞かせて、気持ちを落ち着かせるのだ。

性質の悪い親に虐待された子供、暴力的で家族に頻繁に怪我を負わせる男の妻、その他諸々――無関係の余人から見れば、どうしてそんな相手を庇うのか？　と首を傾げざるを得ないような事例を幾つか見た。

「理屈はわかったけど、今はそのことを問題にしてる場合じゃないよね」

「それはそう思う」

こっくりと頷くメルダ。

「あの様子だと、罪人を蹴散らして逃げるってのも反対しそうっていうか――口止めどころか、積極的に周りに僕らのこと喋りかねないな」

これはもう法術師達を見捨ててクレト達だけでも脱出するしかないのか。だがそれだと――外で待っているダンカンは納得すまい。

アレクシスの態度を説明しても果たして信じてもらえるかどうか。クレトも自分の眼で、耳で、アレクシスが魔族に対して好意的とも言うべき発言をするのを見て、何とか状況を理解したくらいである。

「どうすりゃいいんだろう、これ？」

もう一体、誰が味方で誰が敵か。

そもそも敵とか味方とか、そういう考え方で理解して良いのか。

それすら曖昧で――

「わからない」

とメルダも無表情に言った。

●

魔族の中には夜眼の利く者も少なくない。

そうした者達は夜間も昼間とあまり変わらず活動できる。少ないながらも月や星の光があれば尚更に行動は楽になる。

「〜〜〜〜〜〜〜」

武装した五人組の魔族達が夜の森を歩いていた。

蜥蜴《とかげ》や蛇のような鱗状の皮膚を身体のあちこちに備えた者が二名。獣のような耳と尻尾を備えた者が二名。額に一本の角を備えた者が一名。

彼らは——やがて森の片隅で、一台の馬車を見つけた。

「〜〜〜!?」

「〜〜〜!!」

木の葉や枝をまぶした網を掛け、見つかりにくいように——森の一部であるかのように装われている。だが、暗視に加えて鋭敏な嗅覚を持つ者は、森の中に本来、ある筈のない鉄と油の匂いを察知できる。彼らの感覚を完全に欺けるほどの偽装ではなかった。

小走りに馬車に駆け寄る魔族の五人。

鼻をひくつかせる先頭の獣耳魔族――その喉に、いきなり矢が生えたのは次の瞬間だった。

「~~~!?」

先頭の魔族が呆然とした表情で――倒れる。

その時にはもう残りの四名は森の腐葉土を蹴って散開していた。

射られて倒れた魔族はまだ息があるようだが……残り四名はそれぞれ木々の陰に身を潜め、仲間を助けようとする様子はない。

手慣れた対応である。

仲間が狙撃されたからといって、迂闊に助けようと駆け寄ると、二撃目が飛んでくる。

負傷者は次の犠牲者を釣るための餌だ。

「………」

仲間が射られたのはどこからか。

四名は大まかに方向の見当を付ける。小型の弩《いしゆみ》を持っている鱗の魔族二人が、短槍を足下に置いて矢をつがえた。狙撃にはまず狙撃で抗するしかない。『こちらもお前を狙い撃てるぞ』と示して相手の動きを制した上で、近接戦闘能力を持った者を送り込むのだ。幸い、鱗の魔族二名は暗視の能力を備えていた。

だが――この場に限って言えば、それは間違った対応だった。

「──ふっ！」

吼えるでもなく喚《わめ》くでもなく、まるで咳《せ》き込《こ》むような短い呼気を吐いて──魔族達の間に飛び込む人影が一つ。

ダンカン・ド・リンデン。

いかにも猪突《ちょとつ》猛進だけが取り柄のようにも見える、無骨で厳ついその騎士は──しかし、その体格からは信じがたいほどの敏捷さでまず、鱗の魔族二人に襲い掛かっていた。

薄闇を抉《えぐ》り抜《ぬ》くようにして飛ぶ黒い星──二つ。

旋回で勢いのついた棘付鉄球《モーニングスター》が鱗の魔族二人の顔にそれぞれ深々とめり込んだ。

「〜〜〜!!」

血の飛沫《しぶき》を撒《ま》き散《ち》らしながら倒れる鱗の魔族二人。

だがダンカンはすでにその二人には構わず、左右の手に一本ずつ持った棘付鉄球をあっさりと手放すと、残る二人の内、角を備えた方の魔族に飛び掛かる。

腰には長剣を佩《は》いているが、これの柄には手を掛けない。

角の魔族が短槍を構え、繰り出してくるのを、ダンカンは鋼の手甲で弾いて逸らす。

火花を散らして跳ね上げられる短槍の穂先。

ダンカンは姿勢が崩れた相手の懐に飛び込むと、腰の後ろに挿していた短剣を引き抜いていた。相手に応戦の余裕を与えず、逆手持ちの短剣を殴るような動作で繰り出す。次の瞬間、短剣の刃は相手の喉を正面から切り裂いていた。

「…………」

最後の一人に向き直るダンカンだが、獣耳の魔族が短槍を掲げるのと同時に、その喉へ——最初に射られた魔族と同様、矢が突き刺さった。

最後の魔族が仰向けに倒れて——

「終わったぞ」

ダンカンが呟くように言うと、微かな物音と共に人影が駆け寄ってくる。

言うまでもなく——大型の弓を手にするミルドレットだ。

「お見事ですねー」

「貴様の弓もな。森人《エルフ》は夜眼が利くとは聞いておったが——」

とミルドレットを見るダンカン。彼女の翡翠《ひすい》色の瞳は、微かな光を反射して——猫のそれの如く薄闇の中で自ら輝いているようにも見えた。

暗視ができるのは必ずしも魔族だけではない。

「剣は使わなかったのですねー。折角の魔剣ですのにー」

「夜の森の中で長剣なんぞ抜いてふり回すのは、阿呆だ」

点を狙って突き出す動作が基本の短槍ならばともかく……剣の攻撃は基本的に『線』だ。そして威力を求めるなら大きくふりかぶらねばならないが、迂闊にふり回せば樹《き》の枝や幹に引っかかる可能性がある。

一方で短い鎖で柄に繋がれた棘付鉄球は、手首のひねりで鉄球を回転させてやるだけで勢いをつけ、そのまま叩き付けてやれば充分に殺傷力を発揮する。

「この連中――先の町から放たれた追っ手か？」

「あるいは、あの魔族娘のことを耳にした賞金稼ぎかですねー」

腰の後ろから小さな、掌に載る程度の刃物を一本取り出すと、ミルドレットは大型弓の表面に小さな疵《きず》を付けていく。あまりに大量に付けられたそれは、一見すると模様のようにも見えるが……どうやら殺した魔族の数を示すものであるらしかった。

「ああ、そちらの方が『らしい』感じだな。何せ『〈魔王〉殺し』だ。懸けられた賞金もかなりのものだろうよ。他を出し抜いて自分だけが儲《もう》けよう――なんて考える奴らは必ずいる。人類にも魔族にも」

「その辺、中身は割とよく似てますよねー、人類と魔族」

「……………かもしれんな」

言いながらダンカンは魔族五名の息を確かめていく。

矢が喉を貫通した二人、短剣で深々と喉を切り裂かれた角の魔族は勿論……棘付鉄球を喰らった二名もすでに死んでいた。

「とどめを刺す手間が省けたな」

「というか、この魔族を偽装に使った方が良いかもしれませんねー。鹿や猪《いのしし》の骨よりは『らしい』と思いますしー」

クレト達がゴドモン監獄島を脱出する際、『ミユリが一度は捕まったがまた脱出した』

という報が周辺に回っては、わざわざ捕まって見せた意味がない。

それこそ――ミユリに懸けられた賞金を狙って、今ダンカン達が仕留めた賞金稼ぎのような連中が、これからの道中、頻繁に襲ってくる可能性がある。それらの相手をいちいちしているのはさすがに面倒だ。

だからミユリには『死』んでもらわねばならない。

少なくとも表向きには。

そのため――クレトはゴドモン監獄島の周りにある天然の堀、即ち湖を利用することを考えたのだ。

彼は脱獄の際にわざとミユリ、メルダ、そして救出した法術師と共に湖に飛び込む――人類も魔族も委細構わず喰らいつく大型の肉食魚が多数生息している湖に。

しばらくしてあちこち噛みちぎられて殆ど骨のようになった死体が浮かび上がれば、監獄の獄卒達は『脱獄者は肉食魚に食われて死んだ』と思ってくれるだろう――しかも肉食魚が群がっている状態なら、獄卒達もわざわざ死体を引き上げて確認する手間を惜しむであろうし。

ミルドレットが先に鹿や猪といった大型の獣を捕らえるための罠を用意していたのは、このためである。

ちなみに実際のクレト達は、メルダが水中で護《まも》る予定だ。

同種の肉食魚と水中で戦った経験が彼女はある上、そうした危険な水域を渡る方法についても彼女は知悉《ちしつ》していた。

　肉食魚は血の匂いにまず反応するため、最初に血を流してやれば、殆どはそちらに殺到してくれる。以前の『〈魔王〉討伐行』において、肉食魚が生息する河を渡る際には、敢《あ》えて傷を付けた猪を河に放ち、肉食魚がそちらに群れている隙に、従者達が渡ったという。

「……まあ人類も魔族も死ねばただの肉だな」

　ダンカンは言って五つの死体を馬車の傍に並べる。

「骸《むくろ》が腐り始める前に、脱出してきてくれると良いんだが」

「臭いますからねー」

　言ってミルドレットは弓を馬車に立てかけると――死体の防具や余計な装備を取り除くべく、腰に吊《つ》っていた小型の鉈《なた》を抜いた。

●

「…………え？」

　間の抜けた声を残してかくんとアレクシスは脱力した。

　彼の足は今も地面に杭で縫い付けられ、壺の上に座っている状態なので、倒れてしまわないようにとクレトは手を伸ばして彼の身体を支えた。

「〜〜〜〜〜っ⁉」

アレクシスの『主人』である魔族の男女が何やら声をあげる。

だが彼らもまた、するすると音もなく近寄ったメルダが、背後から両手で頭部を軽く挟むと、一瞬で気を失って大人しくなった。

一体何をどうやったのか、クレトにはまるでわからなかったが——

「ええと……殺してない、よね？」

と念のために確認する。

メルダには『魔族二人とアレクシスを眠らせてほしい』と頼んだのだが、変なところで常識が欠けているメルダの場合、『永眠』させかねない。

「殺してないよ。脳を揺さぶっただけ」

事も無げに答えるメルダ。

「脳を……え？　今ので？」

「脳って人類も魔族も、大体は同じ構造していて、頭蓋骨の中で浮かんでるんだよ。脳脊髄液って言ったっけ。だからこう——」

とメルダは両手を壺でも持つように掲げて見せる。

「頭蓋骨を左右の手で挟んで、震わせると、脳が『溺れる』んだって」

「………脳震盪《のうしんとう》？」

要するに眼に見えないほどの細かい震動を掌の表面に起こし、これを頭蓋骨に伝えることで、脳震盪のような状態を引き起こしたということらしい。

「今更ながら凄いな……」

法術や魔術で同様のこともできるが、まさか手で『揺さぶって』脳震盪を瞬間的に起こすなど、普通の人間にできることではない。メルダの動きは本当に『掌で挟んだ』だけで、殴ってすらいないのだ。

「クレトさン？」

とミユリが獣耳を倒し気味にして、何やら不安げに声を掛けてくる。

いきなり、クレトとメルダがアレクシスと魔族二人を気絶させてしまったのだから、一体何を考えているのかと怪訝《けげん》に思うのも当然だ。

「とりあえず、僕らのことを周囲に喋らないように、眠ってもらったんですよ。後は……これからのことを話し合うのを、あまり聞かれたくないなと」

「…………コれからラのこと？」

「というか、ミユリさん。ミユリさんはこの人達を見てどう思いました？」

「ドう……思いまシた、デすか？」

「魔族と人類で……なんか僕から見るとかなり不自然っていうか、法術師の人は、あんまり魔族を恨んでないというか……ある意味、ミユリさんと僕らとは逆の立場に近いですよね。別にミユリさんを奴隷と思ってるってわけじゃないですけど、その――」

「わかりマす。不安だから、敵の人、向けテ親しミ覚えル、気持チ」

ミユリはそう言って――苦笑を浮かべる。

「よク……わかりマす。よク」

「ミユリさん――」

「クレトさンの、良イ所、探す、しテ自分納得させたりトか」

眼を伏せてミユリはそんなことを言う。

「僕の……？」

「クレトさンが……一番……優し……マシ、なのデ。変態でスけど……」

「いや、だから変態って――僕は何も」

抗議しつつも、クレトはミユリの言わんとすることが概ね理解できた。

たった一人で人類領域にまで逃げてきて、挙げ句に音叉一本で締まる首輪をつけられて。

周囲の人類は大抵、魔族に対して敵意や嫌悪を抱いていて。

そんな中――魔族に対して殊更の敵意や嫌悪を抱いていないクレトと出会えば、『こいつしかいない』と縋《すが》り付きたくなる。成り行きとはいえ、クレトに『治癒』をかけてもらって手当てされれば、そうした気持ちはより補強される。そういう心理は人類も魔族も共通ということだろう。

そして一度そう思い込んだら、少しでも早く不安を消すために、よりその気持ちにのめり込んで――

「そうイえば……お礼……言ってなカったでス……」

ふとミユリはそんなことを言い出した。

「首……切らレた時……の……」

先の街でミユリが首を掻き切られた際に、クレトが治療したことか。

「……魔族相手ニ……接吻《せっぷん》……マで……」

「――え。いや、あれは」

ミユリが自分の血で窒息しかねなかったから吸い出しただけで。

（……ってあれが接吻に数えられるなら、僕の初接吻《ファーストキス》ってアレになるんですけど……⁉）

初接吻は魔族相手で鉄錆の味。

何というか――色々誤解を招きそうだった。

「お礼を言ってもらうようなことではないっていうか、その、それを言うなら僕も――ここに落とされた時に……」

ミユリが文字通りに身体を張って庇ってくれた。それこそミユリから見れば敵だった人類の一人で『変態』である筈のクレトをだ。

「そ、そレは……そノ」

とミユリは困ったように視線を彷徨《さまよ》わせながらしどろもどろに言った。

「咄嗟……に……クレトさン……可愛……いエ……護らなイと……と」

そういえばクレトが初めて獣耳を付けた際に、ミユリは発作的にクレトを抱き締めて頬《ほお》摺《ず》りまでしていた。彼女の眼から見れば獣耳を付けたクレトは、うっかりそういう行為に出てしまうくらいに『好み』であるらしいのだが——

「…………」

「…………」

微妙に気まずいような、照れ臭いような、そんな空気が二人の間にわだかまる。困難な旅を行く仲間との親睦が深まるのは悪いことではない筈だが、これは本来求められていたのとは、方向性が違うというか——

「…………クレトお兄ちゃん？」

ふと横手から無表情にメルダがクレトの顔を覗き込んでくる。

「え？」

「顔赤いけど。どうしたの？」

「は、いや、いやいやいや、そんなことは」

「脈拍もいつもより一割ほど速いけど」

「そんなことは——ってなんでそんなことわかるの？」

手を触れて脈をとったわけでもないのに。

「聞こえるし。数えた」

「数えっ……!?」

どうにもメルダの五感というのは人類の標準からすると、あり得ないほどの鋭敏さであるらしい。

「あー……まあ、それはともかく」

クレトは頬を指で掻いて話を戻した。

「まあでも、やっぱりそうですよね。こういう状況じゃ、そうやって不安や恐怖を紛らわすんですよね。人類も魔族も」

「……はイ」

「うーん……どうしたものかな」

救出に来た筈なのに、そもそも、救出すべき相手が、救出されることをあまり望んでいないのである。間抜けな話だが、クレト達のしようとしていたことは余計なお世話なのか。

だがそれは特殊な状況に置かれた者が、自分の精神を護るため、不安や恐怖を誤魔化すためにしていることで——健全とは言いがたいのではないか。

「……デも……そウイう心の動キ、悪いこと、違う気、しマす……誰か……ヲ、好き、ナる気持チ。原因、何デも、悪いこと、違う、思いマす」

ミユリが俯きながら言葉を繋いでくる。

クレトは咄嗟に言葉が出てこなかったが——

「まあそうかも」

と同意してきたのは、驚いたことにメルダだった。

「お兄ちゃんが私に会いに来たのも、一緒に来てほしいって言ったのも、別に私が好きだからじゃないでしょ」

「……え、いや、あの」

今更、何を言い出すのか、この〈勇者〉は。

まったくその通りではあるのだが――

「でも、私に名前をくれて、妹にしてくれたのは、その」

首を傾げてメルダはしばらく何やら考えていたようだが。

「嬉しかった？」

「なんでそこで疑問形？」

と突っ込みを入れつつも、何となくクレトは理解していた。

自分の中に生じた嬉しい、という感情すら、この少女にとっては未知のものなのだ。

食べて美味《おい》しい、とか、単に身体が気持ち良いとか、たっぷり寝たいとか……そういう肉体的な快楽とは関係ない、精神的な充足感から来る『嬉しい』という気持ち。

それをこの少女は初めてあの時、感じたのだろう。

そして――それをメルダは否定したくないのだ。損得ずくで生じた関係、成り行きで生じた関係、それを良くないことと否定してしまったら、自分のあの時感じた気持ちすら、否定するような感じがして。

「メルダ……」

「だから最初がどうとか、原因がどうとか、あんまり関係ないと思う。思いたいな」

「…………」

クレトはしばらく呆然とメルダを見つめていたが。

「監獄……獄卒……手配書……約百人……」

改めて口に出して、現状と、そして今まで得た情報を整理する。

こういう袋小路《ふくろこうじ》は、役所で働いていた時にも何度も経験がある。

行き詰まったら少し戻る。

大前提を疑ってもみる。

そもそもの目的は何か？　前に進もうとするあまりに、視野狭窄《きょうさく》を起こして何かを見失っていないか？

本当に法術師達を全員ここから連れ出す以外に解決策はないのか？

ミユリが死んだという情報を流すために、他に採り得る選択肢は？

クレトの手元に使える『駒』は幾つある？　それで何ができる？

（考えろ、小細工でも誤魔化しでも何でもいい……手段は何でもいいんだ、目的が達成できれば……ではその目的はそもそも、何だ？）

得るべきは何か？　失うべきは何か？

ゴドモン監獄島。魔族領域辺境の地。投獄された政治犯。

奴隷。罪人。獄卒。法術師。

恐怖と――

「……あ。そうか。そうだよ」

唐突に、すとんと腑《ふ》に落ちた。

「お兄ちゃん？」

「袋小路に入ったら、後戻りして別の道を選ぶべきなんだよ」

「クレト、さン？」

「別に救出とかしなくていいんだよね」

いきなりそんなことを言い出したクレトを――今度はメルダが首を傾げ、ミユリが呆然と見つめる番だった。

●

「いと慈悲深き我らが神よ……彼の者達に一時の安寧を……」

改めて『昏睡《こんすい》』の法術をアレクシスと魔族二名にかける。

かけ方を間違えば相手を永眠させかねない法術なので、クレトは慎重に時間を掛けて施術した。メルダに頼めば簡単は簡単だが、脳震盪ではいつまで気絶してくれているかはっきりとした時間はわからないし、個体差もあるだろうから、気が抜けない。

「……よし」

施術を終えると、クレトは溜息をついて立ち上がった。

メルダには周辺の見回りを頼んだ。

魔族二名がメルダにぶちのめされる場面を、獄卒や周囲の村人――いや罪人達が見ていたのは間違いがない。獄卒は罪人達同士の揉《も》め事《ごと》には干渉してこないそうだが、罪人達はその後どうなったのかと興味を抱いているだろう。

ずっと小屋の中に籠もっていたら、他の罪人達が押し掛けてくる――いや襲ってくる可能性もある。

何しろこの小屋の中には法術師の奴隷がいる。

監獄島内の魔族達にとっては、大変に貴重な『財物』だ。これを機にかっさらおうと考える罪人がいてもおかしくはない。故にメルダが堂々と小屋の周りを歩き回ることで、周囲の魔族達をまずは牽制する。

万が一に襲ってきた場合は、これをぶちのめしていい、ただし殺さないように、とだけ伝えてある。慈悲だとか何だとかではなく――単純にこの先のことを想《おも》えば、罪人達の反感を買うのは好ましくない、とだけクレトは説明した。メルダに関しては、気持ちだの何だのより、実利を強調してやった方が理解が早い。

「……クレトさン？」

と小屋の中に残っているミユリが声を掛けてきた。

「一体、何ヲ……？」

「とりあえずは時間が欲しいかなって。あんまり外のリンデン卿やミルドレットさんを待たせるのもまずいですし、〈魔王〉復活のためには急いだ方が良いのはわかってるんですけどね。まあその……かなり無茶なことを考えてるので、『根回し』はしっかりやっておかないと」

「根回シ……？」

「魔族と問題なく意思疎通できるのは、ミユリさんとメルダなので、二人には色々お願いすると思いますけども。あと――今更こんなこと訊《き》くのも変かもしれませんけど、ミユリさん、魔術って何が使えます？」

「魔術ハ……コレを外さナいト」

とミユリが言うのは首に巻かれている金属製の首輪だ。

ここの獄卒達につけられたものである。人類側が彼女につけたものよりも小さく単純な形状をしている。どうやら真銀《ミスリル》の部品が中に入っているらしく、魔力に反応して――『縮む』らしい。当然、つけられた者が魔術を使えば即座に首が絞まるようだった。

「それはメルダに頼めば壊してくれるとは思いますけど」

「それナら、一通りハ……『地』系と『火』系、あト『水』系と『光』系モ。『闇』系ト『風』系は不得意でス」

「それは凄いですね。普通は使えて二系統まででしょう」

「両親共に魔術師……でシたかラ」

「御両親から直《じか》に教わったたってことですか」

「はイ。父は――」

ミユリは一瞬、昏睡したままのアレクシスの方を見て言った。

「――人類の、法術師、でシた」

「…………え？」

クレトは眼を丸くして固まる。

今、この魔族の娘は何と言った？　人類？　ミユリの父が？

「ちょ……ちょっと、待ってください、え？　いや、それは、本当に？」

「はイ」

恥ずかしそうにその碧《あお》い眼を伏せてミユリは言った。

「人類の男性が、魔族の女性と……？」

人類と魔族が性的な関係を持つ――子作りの行為そのものが可能だということは、クレトも知っている。だがそれで実際に子供が生まれるかどうかと言われると……『違う』生き物なのだからそんなことはないと、勝手に思い込んでいた。

「……ってまさか、ミユリさん、人類の公用語喋れるのも」

父親から直に教わったからか。

「母、戦場で父と出会イまシた。そのアレクシスさんと同ジでス」

魔族は男も女も等しく戦場に出る。

ミユリの母は名門の出の、しかも優秀な魔術師だったらしく、何度か最前線で戦っていたそうだ。そしてその際に『戦利品』としてミユリの父を連れ帰ったのだとか。

その後、どういう経緯があったのか、細かいことはミユリも知らないそうだが……ミユリの母は人類の子を身籠もり、遠い親戚筋であった〈魔王〉の乳母になったのだそうだ。

「私……醜い『混じりもの』ト、言われまシタ、よク」

「え？　醜いってどこ――あ」

それは以前、温泉の脱衣所で言っていた話か。

「陛下は、『気にスルな』と仰ッテくださイました」

同じ乳母の元で育ったからか、〈魔王〉はミユリを本物の妹のように、いやそれ以上に可愛がり、自分の侍従長に取り立てたのだそうだ。

人類との混血児を――しかも表向きは私生児であるミユリを、〈魔王〉の傍仕えとして使うことについて、反対者は多かったようだが、元々ミユリの母が魔族領域では貴族に相当する名門の出だったことから、〈魔王〉は結局、我を通したのだとか。

「陛下……暗殺されタの、私のせイです」

ミユリはそう言って唇を噛む。

「え？　それってどういう――」

「陛下……私や、母の、影響……受けテ……」

人類の男を生かして連れ帰り、その子を産んだ魔族の女。

人類の血が混じるが故に、周囲から蔑まれる娘。

そんな者達と家族同然に暮らし、その後も傍に置いていたからこそ……〈魔王〉は人類に対してあまり憎悪や嫌悪を覚えることもなかった。勿論、高貴なる身分として前線に出ておらず、それ故に人類と戦った経験がなかったことも影響しているだろう。

だからこそ自分を討ちに来た〈勇者〉に講和を提案できた。

だからこそ――前線で戦い続けてきた魔族の戦士達には、王でありながら、恨まれた。

「いや、それ別にミユリさんのせいじゃないでしょ。別にミユリさんらが、何か唆《そそのか》したわけでもないんですよね？」

「……はイ」

「まあ、そんなこと、気にしても仕方ないっていうか――」

いや。だからか。

自分のせいで〈魔王〉が暗殺されたと思えばこそ、ミユリは自分の全てを犠牲にしてでも〈魔王〉を復活させるために人類領域まで逃げてきた。自分が父に人類の公用語を教わっていたのも、まさにこの時のためであったと――『運命』を感じたのかもしれない。

「クレトさン……父ノように、魔族の女、抱けまスか？」

長身を丸めるようにして、上目遣いにミユリはクレトを見つめてくる。

「陛下のように、敵に『仲良くしヨう』と、言えまスか？」

「………………」

皆が『敵だ』と言うから憎んで嫌って考えることをやめる。

皆が『無理だ』と言うから最初から諦めて考えもしない。

そういう者は魔族にも人類にも多い。多いのだろう。

(そういう意味じゃ似たもの同士なんだよな、人類と魔族……)

だが——皆がそう言うから、自分もそうせねばならない、というわけではない。大層な大義名分などなくていい。大事なのは、ただ自分で考えて結論を出したか否かで——

(……メルダも〈魔王〉に言われたんだっけ)

誰かに言われたからではなく、自分で考えて決めろと。

そうでなければ先に行けない。

与えてもらうことはできても、自分の手でつかみ取ることができない。

そうでなければ——新しい何かは手に入らない。

クレトはふと気になって尋ねた。

「ミユリさんのお父さん——」

「失礼なこと訊いちゃうかもですけど……御存命なんですか?」

「父でスカ? ハイ。母も。大変仲睦まジいでス」

ミユリは言った。

「朝起きるト、毎日、まズ母の脚を舐《な》めマス」

「——はい?」

今、何を言ったのか、この魔族の娘は。

「え? 唇に……接吻とかではなく?」

「奴隷ですノで。唇に接吻もしマすガ、最初は脚でス」

「……えっと、仕方なく？　嫌々？」

「いエ。笑顔でス。母の右膝、特に美味しイそウです」

「………………」

ミユリはクレトを『変態』と評するが。

(むしろミユリさんのお父さんの方が大変な変態なのでは……？)

なんだかいい話にまとまりそうな気がしていたが——気のせいだったらしい。まあミユリの父が元々変態だったのではなく、そんな風に『調教』されてしまっただけなのかもしれないが。

それこそアレクシスらと同様、生き延びるために、自分の中にある恐怖や嫌悪感を誤魔化し続けて——

ではそれは悪いことなのか？　今、ミユリの父は不幸なのか？

(……なんだかよくわからなくなってきたな)

恐らく良いとか悪いとか、そういう話でもないのだろう。

「……まあともかく」

クレトは溜息をついて話を戻した。

「ミユリさんが『地』系の魔術が使えるなら、好都合です。『風』系の魔術が使えればもっと都合が——ってこれは僕が法術でやればいいのか」

「……？」

どういうことでしょうか？　そう問うかのように首を傾げるミユリ。

そこに——メルダが戻ってきた。

「——クレトお兄ちゃん」

片手に——気絶しているのだろう、屈強そうな魔族の男を一人、引きずりながら。

# 第五章　小役人の扇動

　ダンカンは苛立《いらだ》ちを感じていた。

　すでにゴドモン監獄島へクレト達《たち》が潜入して五日目になる。

　ミユリを探す魔族達の襲撃も、あれからもう一度受けた。

　勿論《もちろん》、法術師が実際にあの監獄島に囚《とら》われていた場合――居場所を把握して脱出の機を計るのに、一日や二日では足りないというのはわかる。

　元々が素人考案の行き当たりばったりな作戦なのだ。

　そう迅速に事が進むとは限らない――のだが。

「〈魔王〉復活に期限があると言ったのはあの雌犬の方だろうに」

　魔族に対する個人的な嫌悪感はさておき、ダンカンは自分の使命を果たすことについては、積極的に考えている。それが〈魔王〉を復活させることなのだとしても、それが必要だとダンカンよりも上の立場の者達が判断したなら、彼は全力でその実現のために働くのみだ。

　だからこそ、ただ待っているだけというのは、辛《つら》い。

ついつい余計なことまで考えてしまいそうになるからだ。

「――リンデン卿《きょう》」

ふと声が降ってくる。見上げるとダンカンの傍《そば》に生えている樹《き》の、一際太い枝の上にミルドレットが立っていた。

「お待ちかね、始まったようですよー」

そう言いながらミルドレットがひょいと何かを投げ落としてくる。

受け止めるとそれは、伸縮式の遠眼鏡だった。

これで監獄島の方を見ろということか。

「監視は貴様の仕事、俺の仕事は死骸を湖に放り込むことだろう？」

と言って馬車の下に並べられた魔族達の死体へと眼《め》を向ける。

「投げ込む際の指示は貴様に任せていたと思ったが？」

「それなんですが……なんだか打ち合わせと違うような感じですねー」

「なんだと？」

「臨機応変にやるとは、聞いていましたけどー」

言いながらミルドレットは音もなく樹の幹を伝い、ダンカンの隣に降り立つ。その動きは殆《ほとん》ど夜行性の獣だ。身のこなしに関して言えば、ミユリよりもミルドレットやメルダの方が遥《はる》かに獣じみていた。

「あれってもう脱出とかそういう話じゃなくなっているようなー……」

「……どういう意味だ？」

「ですから御自分の眼で確かめていただいた方がー」

とミルドレットは肩を竦《すく》める。

「法術の『遠視』でもあるまいし、ここからでは壁の向こう側を見ることなんぞできんだろう」

「そうなんですけどー……物見塔がどれもこれも大慌てで『内向きに』弩《いしゆみ》を撃ってるんですよねー」

それは内部の者、つまりは罪人に対してか。

だが複数ある物見塔が『どれもこれも』となると……

「まるで、中の罪人が一斉蜂起した……みたいな？」

ミルドレットは馬車の御者台に身軽な動きで飛び乗って言った。

「ひょっとするとひょっとしますねー。リンデン卿、乗ってくださいねー」

●

そもそも——〈勇者〉とは何か。

預言に謳《うた》われた人類最強の聖戦士。

人類と魔族の永き戦を終わらせるもの。

だが――強い戦士なら〈勇者〉以外にも沢山いた。

単に戦闘力、破壊力、というのであれば、〈勇者〉でなくとも、魔術師、法術師を含む部隊ならば、かなりの水準に達する。一騎当千という言葉があるが、それはつまり、千人を用意できれば総合的な戦闘力は等しいことになる。

だが千人どころか数百万の軍勢をもってしても戦争は終わっていない。

そう。〈勇者〉の特異性、唯一無二の価値は、単純な戦闘力の大きさにはない。

単に強いだけでは戦況を変えるほどの存在にはなり得ない。

所詮、〈勇者〉は個人だ。

集団に比べてできることはむしろ少ない。

だが、だからこそ――賢者達は『〈勇者〉とは触媒である』と結論づけている。

その比類なき強さをもって周囲に影響を与えるのが〈勇者〉であると。

あり得ないほどの強さで、誰の助けも借りず、決して負けず、決して死なず、敵を一方的に倒し続ける――そのあり方が、周囲を勇気づけ、戦意を高揚させる。

名実共に最強の『英傑』……それが〈勇者〉であると。

「……矢の無駄だよ」

呟《つぶや》いてメルダは踊るように一回転。

次の瞬間――彼女に向けて殺到していた十数本の矢が、全て唐突にその軌道をへし折られ、あらぬ方向へと跳ね飛ばされていた。

文字通りに眼にも留まらぬ筈《はず》の飛び道具、高速であるが故に必殺の威力を持つそれらを――厳密には角度も速度も微妙に異なるそれらを、メルダはただの腕の一振りで全て排除してみせたのである。

視界の中を迫り来る矢の群れを――幾つもの『点』を、一筆書きのように繋《つな》ぐ『線』を、瞬《まばた》き一度にも満たない刹那の時間で見いだして、正確に、敏捷《びんしょう》にそれをなぞる。

事実としてはそれだけだが……それがいかに不可能に近い所業か。

クレトが思うに――メルダにはどうも複数の法術が『かかりっぱなし』になっているようだ。

『治癒』、『俊敏』、『鋭敏』、『強壮』、あるいは『復元』もか。

膨大な、凡人とは桁が一つどころか二つも三つも異なるその魔力を使い、常時発動している法術の効果を、半ば無意識に調整することによって、彼女は任意に超人化する。

恐らく彼女を育てた錬金術師や魔術師がその溢《あふ》れんばかりの潜在魔力に眼をつけて、術式を彼女の中に直接焼き込んだのだろう。

故に彼女は呪文詠唱を必要としない。

故に彼女は術を行使しているという意識すらない。

「メルダ――」

「じゃあ、行くね」

そう一言を残してその姿が消える。

残像すら残さぬ速度で地を駆けたメルダは、その勢いのままに、普通ならとても登れる筈のない急斜面を――半ば垂直に等しい『壁』を斜めに駆け上がっていく。

一歩、地を蹴る毎《ごと》に『壁』に深々と足跡が穿《うが》たれる。

まるで飛ぶかのように疾駆する彼女を文字通りに射止めんと、次々と矢が打ち込まれ、しかしそれらは彼女の足跡を追いかけるだけで、彼女本人には届かない。

「…………」

やがて――メルダは『壁』の中ほどに設けられた鉄扉に辿《たど》り着《つ》いた。

それは罪人を投げ落とすための『掃き出し口』の『蓋』であるわけだが――獄卒達は、罪人を従軍させるべく、『取り出す』際にもこれを用いる。

鉄扉のすぐ上には鋼鉄製の滑車と鎖に吊《つる》された吊籠《ゴンドラ》もある。

メルダはこの吊籠に手を掛けると――勢い余ったかのように一回転。

頑強な鉄扉を、彼女の蹴りがぶち破ったのは次の瞬間だった。

これもまたどう考えても彼女の身の丈では――いや体重では不可能な蹴りの威力だ。恐らく蹴り込む瞬間、『荷重』の魔術で威力を倍増させているのだろう。

勿論、普通の人類ならば蹴り脚が折れるなり潰れるなりするが、皮膚の上に『装甲』の魔術を展開した上で、万が一に怪我《けが》をしても『治癒』と『復元』が身体《からだ》を元通りにする。

（……なんて…………無茶苦茶な力押し……）

クレトは生唾を呑《の》み込《こ》んだ。

普段は意識しないが、こうして全力で戦うメルダを見ていると、彼女がいかに尋常でないのかを――いや違う、彼女をこんな『尋常でないもの』にした魔術師や錬金術師がいかに人でなしであったかを思い知らされる。

メルダの言動がどこか変なのも当然だ。

恐らく物心ついた時から彼女は常に――法術のかかった状態で世界と接してきた。

その気になれば何物でも握り潰せる。

その気になればどこでも踏み込める。

むしろ――相対した他者をうっかり潰してしまわないように、メルダは常に相手との距離をとらねばならない。メルダにとって自分以外は、少し力を込めれば潰してしまえる虫に過ぎず、触れあうにも細心の注意がいる。

（……残酷な…………）

犬の子は兄弟姉妹とじゃれ合うことで『甘噛《あまが》み』を覚える。

幼く噛む力も弱い頃なら、殊更に手加減をせずとも取り返しのつかないようなことにはまずならない。そうこうするうちに『ここまでは強く噛んでも良い』という一線を半ば無意識のうちに覚えていく。

だがメルダは――メルダが他人と接するために心得るべき様々な『一線』を覚えるのに、どれだけの時間が掛かっただろうか。今ですら何度もクレトの手を握り潰しそうになることがあるくらいなのだ。

〈魔王〉討伐の際は――どうだったろうか。

百人の従者の中に、誰か彼女に触れてやれる者はいたのだろうか。

百人の従者の中に、誰か彼女を甘えさせてやれる者はいたのだろうか。

「――クレトお兄ちゃん！」

『掃き出し口』から『壁』の内部通路へと入り込みながら、吊籠を上げ下げするための仕掛けを壊したのだろう――メルダの叫びの直後、がらがらと音をたてながら吊籠が鎖の尾を引いて落下してくる。

見上げるクレト達のすぐ眼の前で、轟音《ごうおん》と共に吊籠が地面にめり込んだ。

「……よし」

クレトは頷《うなず》いて背後をふり返る。

この三日間で味方につけたおよそ千人余りの罪人達を。

クレトは――メルダを連れて小屋という小屋を巡り、ミユリの通訳で彼ら罪人達と丁寧に話をした。メルダという明快な『威力』を背にすれば、対話に持ち込むのはそう難しいことではなかったし、その上で敢《あ》えて下手に出てやれば、相手は警戒心を解きやすい。

ミユリが隣にいれば――即《すなわ》ち『元〈魔王〉の側近』という『権威』が添えられれば尚更《なおさら》に、罪人達と意思疎通するのは楽だった。

要するに、彼らはクレトという『武力で圧倒して居丈高に振る舞うことも可能なくせにそうしないし、何故《なぜ》か、魔族の元高官を相方として連れている』奇妙な人類を前に、興味を引かれることとなったのだ。

　そこから先の説得は――というより末端の官吏として鍛えた口先で、彼らを『丸め込む』のは比較的、簡単だった。

　即ち――

「『壁』を登れない？　じゃあそれは僕らが何とかします。できます。任せてください」

「こんな辺境で何が起きても、中央の政府は詳細を知る術はありません。定期連絡だって書面でしょう？　だったら偽造――いや捏造《ねつぞう》すればいい。そのために獄卒を何人か生かしておけばいいだけですから簡単ですよ」

「いいですか。よく考えてください」

「このままいつか人類との戦争で消耗品として使い潰されるか。それともこのゴドモン監獄島を乗っ取って、貴方《あなた》達の『城』にするか」

「獄卒には絶対に勝てないと思っていませんか？　貴方達は千人以上。対して獄卒は百人。武器のあるなしなんて関係がないでしょう。押し包んで殴っちゃえば、踏んじゃえば、それでおしまいだ」

「大人しくしていれば獄卒も悪い扱いをしないと思っていませんか？」

「〈魔王〉が死んで、今、魔族領域は混乱の最中ですよ。このミユリさんが証人です。辺境の監獄一つを、気に掛けている余裕なんてない」

「忘れていませんか？　貴方達は本当に『罪』ある者でしたか？」

「ここで罪人の汚名を着せられたまま使い潰されて死にますか？」

——と。

最初の数名こそ説得に手こずったが、その後は本当に簡単だった。

説得のための『取扱説明書《マニュアル》』がクレトの中にできたからだ。

相手から出そうな反論を全て洗い出して、説得のための理屈を予《あらかじ》め用意する。相手が次の反論を用意する隙を与えずに畳みかける。時間がないことを——今が千載一遇の好機であることを理由に煽《あお》り立《た》てる。

その上で、選択肢を二つに絞って選択を迫る。

メルダが見回りの際、最初にぶちのめしてきた魔族が、実はこのゴドモン監獄島内の『村』では相当な『実力者』だったことも幸運だった。

良くも悪くも『法』のないこの監獄島内は、弱肉強食の実力社会として成立しているため、実力者を苦もなく捻《ひね》ったメルダの言うことは、聞かざるを得ない。

そして問答無用の『威力』で怯《おび》えさせておいた相手に、こちら側が横暴に振る舞わずに『理』を説けば——恐怖や不安から逃れたい者達は、自分を自分で説得する。

こいつは話の通じない化け物じゃない。

むしろ話してみれば良い奴《やつ》ではないのか。

アレクシスが罪人達を肯定的に見ていたように——罪人達がクレト達の存在を肯定的に受け止めるように仕向ける。その上で仲間面をしながら、彼らの危機感を煽って扇動する。

（……まあ殆ど詐欺の手口なんだけども……）

そして駄目押しが――メルダだ。

実際にメルダが『壁』を踏破して獄卒達のいる場所に斬り込む。

罪人達の思い込みを粉砕してみせる。

それはクレトの言葉に真実としての説得力を持たせてくれる。

「さあ！　皆で頑張りましょう！」

クレトの叫びと同時に――ミユリが呪文詠唱。

彼女の首輪はすでにメルダによって引きちぎられた後だ。

今、彼女の術の行使を阻むものはない。

「まるし・すてむ・もうぜ・る・る・えむな・ないち・に・に・しゅね」

彼女の右手がすっと掲げられ、吊籠の鎖を指す。

空間に浮かび上がる魔術陣、回転するそれらの更に向こう側に、光芒《こうぼう》が立て続けに生まれる。その数――二十。

「――いぃいぃあっ！」

手をふり下ろしながらの、ふり絞るような叫び――いや吠《ほ》え声。

光芒は光弾と化して壁に殺到し、点線を描くようにして連続着弾。

轟音。轟音。轟音。轟音。轟音。

白煙が膨れあがり、垂れ下がる鎖が激しく跳ねて――煙がおさまった時には、壁に一定

間隔の穴が穿たれているのが見えた。

まるで『ここに足を掛けて鎖をつかめば、楽に登れますよ』とでも言わんばかりに。

「〜〜〜〜〜〜〜ッ!!」

囚われの魔族達が歓声を上げて『壁』に殺到する。

「……お見事」

「ありがトうござイマす」

クレトの賛辞に、ミユリは、ほんの少し頬を赤らめてそう返す。

二人は頷き合うと、罪人達と共に『壁』に向かって駆け出した。

●

まるで暴風のようだった。

メルダ・チェンバース——元〈勇者〉。

いや。〈勇者〉を〈勇者〉たらしめているものが、その凡俗とは桁違いの戦闘能力なのだというのなら、メルダは今もって完全無欠に〈勇者〉だった。

彼女が駆け抜ければ獄卒達が舞い上がり、壁に床に、そして天井に叩《たた》き付《つ》けられる。素手で防具一つ身につけていない彼女が、簡易とはいえ鎧《よろい》を帯び、武器を手にした魔族の男女に触れるや否や、殴り飛ばし、投げ飛ばしていくのだ。

強力に回転する歯車に迂闊《うかつ》に触れれば、ほんの少し服の端が引っかかっただけでも引き寄せられた挙げ句にその回転によって投げ飛ばされる。それと同じ理屈だった。

「クレトお兄ちゃんが殺すなって言ってるから、殺さないけど」

二十名ほどをぶちのめし、メルダは呻《うめ》く獄卒達をふり返って言った。

「五体満足で、とは言われなかったからね。身体のあちこちが欠けてもいいって言うなら掛かってくるといいよ。あと勢いで殺しちゃったらごめんね」

勿論、返事のできる魔族なんぞは一人もいない。

大抵が手やら足やらを折られて呻いている。痙攣《けいれん》している何人かはあるいは脊椎や頭蓋を割られているかもしれないが――さすがにメルダも一度に十人以上を相手にしながら、個別に気を遣って手加減はできない。

「…………あ。人類公用語じゃわからないか」

ひどく今更なことを言って一人頷くメルダ。

そこに――

「～～～～～～～ッ！」

叫び声をあげながら――緩く湾曲する通路を、がちゃがちゃと音をたてながら迫ってくる魔族の兵達。先の二十名はいきなりの襲撃ということで、本格的な武装をしていなかったが、こちらは完全装備のようだった。

その数――十名。

鎧、というより身体の各所に装甲を括《くく》り付《つ》け、手には三叉《さんさ》の槍《やり》を携えている。穂先は長く分厚く横薙《な》ぎで相手を斬ることもできる代物だ。

更にその背後には――

「まる・い・い・すぷり・ぐん・ふぃ・るど・ある・もる・い・ぶ――」

呪文詠唱を行う魔術師らしき兵が五名。先行する三叉槍の獄卒達がいる以上、味方を背中から撃つような失態を避けるべく、彼らが詠唱している魔術は支援系のものにならざるを得ないだろう。

実際――

「……あ。魔術付与だ」

と――メルダが呟く。

獄卒達の槍の穂先が羽虫のような音をたて始めたからだ。

魔術による超震動付与。『鋸斬刃』の魔術をかけられた刃物は、通常に倍する切れ味を示す。乱用すると武器そのものが傷むが、代わりに魔剣の類と同等の切断能力を普通の武器にも与えられるのだ。

いかにメルダが『治癒』や『復元』がかかりっぱなしの〈勇者〉であったとしても、首を刎《は》ねられたり、縦に真っ二つに両断されてしまえば、死なざるを得ない。

「ええと……ん……と……『殺すつもりはないけれど、手加減はできない。それでも構わないなら掛かってきて』」

メルダは魔族語に切り替えてそう言った。

「…………」

一瞬、獄卒達は顔を見合わせて。

次の瞬間――

「ふざけるなあああああああああああッ！」

魔族語でそう叫びながら突撃してくる。

「ふざけてないよ」

突き出される最初の三叉槍をわずかに身体を反らしてかわしつつ、メルダは槍の柄に指を引っかけるようにして軽く右手を振る。空振りならぬ空突きで姿勢が崩れかかっていた魔族は、そんなわずかな力を加えられただけで、その場に薙ぎ倒されていた。

勿論、慌てて起き上がろうとするものの――次の瞬間、メルダの右足がその魔族の左肩に踏み下ろされる。一見、華奢《きゃしゃ》にすら見えるが、その実『荷重』と『強壮』と『装甲』がかかっていて、彼女がその気になれば鋼鉄でも岩石でも踏み抜ける、〈勇者〉の足が。

「があああああああああッ⁉」

悲鳴をあげる獄卒を、しかしメルダは一顧だにせず、むしろ魔族の踏み砕いた肩を支点として――踏みにじりながら半回転。二番目に間合いに入った魔族が放った槍の突きを、先と同様にさばいて、やはり先と同じく倒れた魔族を――踏む。

骨の砕ける音と、魔族の悲鳴。

「これ見ればわかったかな？　わかったよね？」

　さすがに怯《ひる》んだのか、三番手の魔族が槍を突き出すのを躊躇《ためら》っているのを見ながら、メルダは半殺し状態の魔族二人をその場に残し、すたすたと――無防備とも言える自然な歩き方で残りの獄卒達に向けて迫る。

「わかったなら、大人しくやられてくれると、手間が省けていいかな。殺さないよ。身動きできないくらいに痛めつけるけどね」

「きっ……貴様は一体……」

「お兄ちゃんは大体、半分くらいまで減らせばいいって言ったけど。別に全滅させちゃってもいいんだよね？」

　誰に尋ねるでもなく首を傾《かし》げながらメルダが呟いていると、どこから湧いて出たのか、背後からも数名の魔族達が武器を片手に迫ってきた。

　つまりメルダは前後を武装した獄卒達に挟まれた状態だ。

　普通の戦士ならばまずい、と顔色を変えるところだろう。だがメルダの表情は変わらず――いつもの、喜怒哀楽を欠いた虚無のままだった。

「挟まれたのは久しぶりだね」

　メルダは言った。

「むしろ助かるよ。魔族も人類も、『挟んだら勝ち』『囲んだら勝ち』って何故か思うみたいでね。油断してるからむしろ楽」

そんなことを言うと、メルダは——再び一陣の颶風《ぐふう》となって、獄卒達の中に突っ込んだ。

●

歓声を、怒声を、あるいは奇声をあげながら魔族の罪人達が『壁』の中の通路を駆けていく。

先にメルダが倒したらしい獄卒達から奪った三叉槍や長棍《ちょうこん》を手に、彼らは次々と『壁』の中の小部屋になだれ込んでは、そこに隠れていた獄卒達を引きずり出していく。

「ああ、殺さないように、殺さないようにしてくださいね！」

クレトはその度に、言って——これを通訳してくれたミユリの声を『拡声』の法術で飛ばしながら歩いていく。

勿論これは相手を選べないので、そのまま獄卒達にまで伝わってしまうだろうが……それはそれで構わない。

クレト達の側に獄卒達を積極的に殺すつもりがないのだと知れ渡れば、彼らの側も投降しやすくなるだろうからだ。負けを認めても殺されるわけではないのであれば、劣勢になっても尚、無理して戦い続ける理由がなくなる。

ましてその『殺さない』という話が、曖昧な道徳だの正義だのを理由とするものではなく、どちら側にも理解しやすい、身も蓋もない実利であれば、尚更のことである。

つまり——

「何人か残しておかないと、後で面倒ですから！　どこに何があるか、食料とか薬とか、設備の使い方とか、そういうのを聞き出す必要がありますからね！　ああ、面倒だったらそのまま『内』に放り込んでしまえばいいですから！　皆さんが前にされたように！」

「～～～～～！」

罪人達の間から笑い声が噴き上がる。

彼らは投降した獄卒達を引っ立てると、『掃き出し口』へ蹴り込んでいく。圧倒的なメルダの戦闘力を見せつけられた直後に、自分達の何倍もの数の罪人達が押し寄せてくるのだ。すでに獄卒達の戦意はどん底にまで下がっていた。

だから戦わずして武器を投げ出し、投降する獄卒達も多い。

どうせ勝てない戦いならば、意地を張って怪我をするだけ損だ——と。

「いい感じです！　皆さん、あともう一踏ん張りですよ！　よろしくお願いします！」

クレトは罪人達に『命令』しない。一切しない。

ひたすらお願いし、提案し、その合理性を説くだけだ。

このゴドモン監獄島を乗っ取るために、何をすれば良いのかを。

「……何とかなった……かな？　あ、これは通訳しないでくださいね」

「…………」

クレトの隣で——ミユリは何故か呆然《ぼうぜん》とした表情を浮かべていた。

「ミユリさん？」

声を掛けると、彼女は我に返った様子で眼を瞬かせる。

「どうしました？　疲れました？」

「凄《すご》イ……と思っテ」

「ああ、確かに。本当〈勇者〉って凄いですよね。メルダがいなければこんな無茶苦茶な策は――」

「いエ。〈勇者〉、凄イと言っタのでハなク」

とミユリはかぶりを振った。

「貴方、デす。クレトさン」

ミユリは眼を何度も瞬かせながらそう言った。

「え？　僕ですか？」

自分は何もしていない。

精々――法術でミユリの声を拡散している程度だ。

少なくともクレトはそう思っていたのだが。

「『救出』ヲ『乗っ取り』に……普通ハ、転換できマせん」

ミユリは溜息《ためいき》をつくように言った。

要するにクレトは――法術師達の救出そのものを諦めたのである。

どうあっても、クレト達のきれる手札の内では三十人余りの法術師を脱出させた上、人類領域まで護送することはできない。手詰まりだ。法術師達も協力的ではない。

クレト達にはメルダという最強戦力があるが、彼女は単身、所詮はただ一人の〈勇者〉に過ぎない。その戦闘力が一騎当千であるからといって、千人の兵で可能なことの全てを彼女ができるわけではない。

だからクレトは考え方を変えた。

法術師達は救出しない。しなくていい。

むしろ優先すべきは――ミユリを『死んだ』と周知させること。

（そして……報告書に『死んだ』って書いてもらえるなら、別に死体を用意する必要すらないわけで）

獄卒達を制圧してしまえば、ミユリの死亡を偽装する必要すらない。単に死亡の報を獄卒達に書かせれば良いだけだ。

勿論……こんな根本的な発想の転換は、一個人で常識をひっくり返しかねないメルダがいたからこそ可能だったわけで。

だからクレトはこれを自分の功績、などとは考えていなかったのだが。

「考え、ツきマセん。ソレも、こんナ、現場、渦中、デは」

「…………」

今度はクレトが眼を瞬かせる番だった。

「そういうもんですかね？」

「はイ」

「いや、僕もすぐに思いついたわけでもないですけど」

そもそも下っ端の官吏は何かと無茶ぶりをされることが多いので、裏技——というか、言われたことをそのままやるのではなく、命令の内容を逆手にとって、自分に都合の良《い》い形に『解釈』することが多い。

今回の場合だと『救出』の一語にこだわっていれば、身動きがとれなくなったところを『本当に救出すべきか？』という大前提を疑った。その上で自分達の手にある『札』で何ができるかを再検証しただけだ。

「割とこういう小賢《こざか》しい真似《まね》というか……最後の最後での『帳尻合わせ』したりするのは得意な役人、多いですよ。特に末端は」

とクレトは言って苦笑した。

「何せ僕は、小役人なので。小賢しくないとやってらんないというか」

そう言って苦笑いを浮かべるクレトを、ミユリはむしろ怯えるような表情さえ浮かべて見つめていたが——

「貴方が、敵でナクて、良かっタです」

溜息を交えて彼女はそう言った。

魔族の社会は基本的に弱肉強食の実力社会だ。

人類領域の文化や社会体制を真似たか、集団としては法治国家の体裁をとっているものの……概《おおむ》ね能力や外見が均等均質である人類に対し、魔族は個体間の容姿や能力の差が激しく、それがそのまま身分差に反映されてしまう。

『法の下の平等』という概念が彼らにはないか――非常に薄い。

そして戦時下で最も重宝される能力とはそのまま戦闘能力である。

当然、身体能力の高い魔族、戦闘に有用な特殊能力を持っている魔族、戦闘に有用な魔術を使える魔族、そういった者達が他の上に立つ。

故に――

「――なんたること！」

獄卒達が転がる『壁』の――上端。

幾つも並ぶ物見塔の内、最も大きく高いものの根元。

そこにゴドモン監獄島の獄長の部屋があった。

「不愉快！　不愉快極まりない！　嗚呼《ああ》！　なんたること！」

「…………えっと」

メルダは――筋骨隆々たる体躯《たいく》を誇示し、蜥蜴《トカゲ》の様な顔と一対の角を備えた、女の魔族を何度も瞬きしながら眺めた。

鎧どころか上半身には服も着ておらず、防具と言えば頭に巻いた鉢金のみ、胴体は腹も乳房も剝《む》き出《だ》しだが、恐らくそれは必要がないからだろう。その裸体は大半が分厚い鱗《うろこ》に覆われていて、見るからに――生半可な刃物なぞまるで通りそうにない。それどころか迂闊に斬り掛かれば刃が欠けそうだった。

しかも――鱗のない乳房から腹にかけてには、これ見よがしに『盾』が括り付けられていた。

小柄な人類の中年男性。恐らくは囚われているという法術師の一人。

気を失っているようなのか眼を閉じてぐったりしているが、意識があろうとなかろうとこの場合には問題あるまい。

「貴女《あなた》がここの長？」

とメルダが問うが、獄長はこれには答えず、その角付きの頭部をぶんぶんとふり回しながら一方的に吼《ほ》えた。

「嗚呼！　私は傷ついたわ！　こんなに傷つけられたの初めて！」

「…………」

「私の支配するこのゴドモン監獄で暴れ！　私を不愉快にさせるなんて！　許されない！断じて！　私をこんなに傷つけて何が楽しいの⁉」

「別に楽しくないけど」

「何という非道！　何という邪悪！　傷ついた！　私の気持ちが傷ついた！　この私の気

持ちがあああっ！　私の気持ちいいいい！」

「…………」

「──というか魔族語が喋《しゃべ》れるのね。不細工な小娘。嗚呼。気色悪い。教えてあげるわ。私が、私が、この私こそがっ‼　ゴドモン監獄獄長！　イズカ・ゴウラクインっ‼」

反り返って天に吼え掛かるような体勢で獄長は──イズカは叫んだ。

「崇《あが》めなさいっ！　奉りなさいっ！　この、私、このイズカ・ゴウラクインをっ！　崇め奉ることを許します！　さあっ！　さあさあっ！」

「…………」

メルダは──無言。

「……っていうか名乗られたならそちらも名乗りなさいよ」

「メルダ・チェンバース」

やはり無表情にメルダはそう名乗った。

「…………今は」

「うん？　まあいいわ。別に長く覚えておく必要もないでしょうし、墓を作ってやる義理もなし。小娘──お前に罰を与えますっ！　私の気持ちを、この世で何よりも大事な私の気持ちを傷つけた罪により！」

言いながらずろりと背後からイズカが引き抜いたのは、他の獄卒達と異なり三叉槍でもなければ、長棍でもない。

それは幅広で分厚い剣だった。

いや。剣というよりは山刀や鉈に近い。片刃で中程にてわずかに折れ曲がっており、先端の方が明らかに重い。『斬る』というより勢いと重さに任せて『ぶった切る』為の武器だった。

イズカが見上げる様な巨体なので、相対的に普通の大きさに見えるが、その剣は恐らく全長がメルダの身の丈程もあるだろう。

しかも左右の手にこれを――二本。

魔族は男も女も等しく戦場に立つが、これだけの得物を片手でふり回す者は性別を問わず稀《まれ》だ。みちりと――メルダの胴回りほどもありそうなその腕が、筋肉の収縮する音をたてるのが聞こえてきそうだった。

「罰を受けなさい！　邪悪な小娘っ！　んん～死刑っ！」

轟、と抉り抜かれた空気が吼える。一瞬にして間合いを詰めたイズカが、二本の剣を左右から鋏《はさみ》のように繰り出していた。

「…………！」

瞬間的に身を沈めるメルダ。

だが彼女の三つ編みが身体の動きから一瞬遅れて――先端が宙に浮いているその刹那、左右から走った二枚の刃が、金髪を斬り飛ばす。

髪の毛数本、先端部のみとはいえ斬ったのだ。

〈勇者〉の——身体を。

「避けたわね、私の斬撃を避けたわね？　私は傷ついたわ！」

「……そうなの？」

「死ねと言われたらすぐ死ねええっ!!」

叫びながら——残像の尾を引く速度で、イズカが迫り、剣を立て続けに繰り出してくる。

「私の気持ちを察して死ねっ！」

勢い余って石壁や石畳を擦った剣先が無数の火花を散らす。

もしその斬撃の軌道の上に何者かがいたならば、悲鳴をあげる間もなく真っ二つにされていたことだろう。刃の鋭さがどうのというような話ですらない。イズカの膂力《りょりょく》ならば刃のついていないただの板でも、人体を両断できるだろう。

「…………」

だがメルダは——その悉《ことごと》くを避けていた。

空間を塗り潰すが如《ごと》く繰り出される無数の斬撃を、しかし最小限の動きで回避し続けている。それ故にむしろイズカの剣がメルダを素通りしていくようにすら見えた。

ただ……それもいつまで続くのか。

いかに〈勇者〉でも素手でイズカの剣を受けるのは無理だろう。ひたすら避け続けているのがその証拠だ。

　しかもメルダの側から迂闊に攻撃すれば、イズカの胴体に括り付けられている法術師を巻き込んで殺しかねない。だからメルダは避け続けるしかない。

　埒《らち》があかない。しかもイズカが繰り出す斬撃は全て必殺。

　一撃でも当てればイズカの勝ちだ。

　対してメルダは――『人質』が、文字通りに『肉の盾』があるので反撃できない。

「た・かな・かな・ぐ・ろうく・えい・てぃん・いん・しいいいいっ！」

　咆吼《ほうこう》が如き呪文詠唱。

　あろうことかイズカは――魔術師だった。

　二本の剣に炎の輝きが宿る。虚空に光の尾を引いて乱れ舞う二本の大剣。至近距離で相対する者には、非常に厄介だった。炎の熱がではない。光がだ。それは容易《たやす》く視界に焼き付いてその視野を奪う。

「私の気持ちいいいいいいいいいいいいいいいいいいいいっ！」

　叫びながら光る剣をメルダに叩き付けていく。

　それでもメルダは避け続けるが――

「…………」

　その頬に紅《あか》い一線が刻まれる。

　その手の甲に紅い一線が走る。

　次々――かすり傷とはいえ、イズカの剣撃がメルダを傷つけていく。

しかも燃える剣の傷は『治癒』の治りが遅い。切ると同時に切り口を焼くことで再生能力を阻害しているからだ。

しかも――

「見える！　見えるわよおっ！　小娘ぇっ！　そおれそれっ！」

恐らくイズカはメルダと相対する以前に、『敏捷』かそれに類する加速系の魔術を己にかけているのだろう。そうでなければメルダにここまで追随できる筈がない。

「私の気持ちのために死ねええっ！」

勝てると踏んでかイズカは殊更に大きく右手の大剣をふりかぶり――

「――え？」

次の瞬間、聞く者を総毛立たせるような……ぼぎゅ、という他に形容しがたい音をたてて、イズカの右腕の肘があらぬ方向に曲がっていた。

「私の肘いいい⁉　な、何故、何故、速さは拮抗《きっこう》して――」

そこまで言って。

「――貴様っ⁉」

イズカの眼は――メルダではなくその背後に向いていた。

片膝をつき、片手を掲げた人類の法術師――クレト・チェンバースに。

「『敏捷』の重ねがけ⁉　いや――」

イズカも恐らくは気がついたのだろう。

メルダの頬の、手の、傷が消えていく。

治っていくのではない。

消えている。まるで最初から存在しなかったかのように。

「――『復元』⁉」

『復元』の法術とは局所的な時間の遡行。

長時間の遡行は著しく難易度が高いが、遡るのが瞼《まぶた》を一度開け閉めする程度の時間――

まさしく一瞬なら、クレトのような若輩の法術師にも失敗なく可能だ。

それをもし連続してかけ続ければ――どうなるか。

一瞬だけの『復元』を延々と繰り返す。

数百回。数千回。数万回。

流れ行く時間を引き戻す。引き戻し続ける。

それは瞬き一回分の時間だが、延々と続ければ、相対的には――

「時間停止――」

「――うん。そう」

メルダは背後からイズカにそう囁《ささや》いた。

メルダは――静止した時間の中で動けるのに等しい。イズカが氷像のように停止してい
るのを見ながら、『肉の盾』のない背後に回り込むことも、造作ない。

「できるだけ殺すなって言われてるしね」

次の瞬間メルダの放った蹴りが、イズカの右膝を砕いていた。

●

最初――跳ね橋が下ろされた時は何かの罠《わな》かとダンカンは考えた。中で何やら騒ぎが起こっているらしいことはわかっていた。一番大きな物見塔の傍で、メルダと――大柄で角と鱗を備えた女魔族が戦っているのも見えた。

警戒しつつもミルドレットと共に馬車を進めて監獄島の中に入ったダンカンは、そして、啞然とすることになった。

歓声をあげる魔族の罪人達。

そして――

「……これは貴様の仕業か、小役人」

クレトの当初の計画と大幅に成り行きが変わったのはわかっていたが……まさか罪人達を扇動して監獄島そのものを『乗っ取った』などとは思ってもみなかった。

「え？　いや、僕は大したことは何も」

慌ててクレトは首を振る。

彼の背後では――監獄の正面玄関の辺りでは、首に魔術封じの首輪を塡《は》められたイズカや、数十名の獄卒達が、縛られた上で、罪人達に三叉槍の柄で小突き回されていた。

「…………」

想像すらしなかった光景を前に、ダンカンは喜び安堵《あんど》する以前に——空恐ろしいものを感じていた。

眼の前の若造、取るに足らぬ筈の『小役人』に。

「メルダと——それにミユリさんがいてくれてこそできたことですよ。僕はちょっと罪人を説得した程度で……」

「それを貴様の仕業、というんだ」

とダンカンは言って溜息をつく。

「それで——法術師は囚われていたのか？」

「ああ……そのことなんですがね」

とクレトが顔をしかめる。

「法術師の人達……殆ど、魔族の罪人達と馴染《なじ》んじゃってて」

「——はあ？」

ダンカンは咄嗟《とっさ》にクレトが何を言っているか理解できなかった。

だが——

「あれ見てください、リンデン卿」

クレトが窓の方を指さす。

そこから『壁』に囲まれたゴドモン監獄島の中央盆地を——そこに広がる『村』のよう

な風景を見下ろして、ダンカンは眼を丸くした。

人類の――恐らくは法術師なのだろう。

十数名の男女が、魔族の同じく数十名の男女と談笑している。魔族を恐れて卑屈に浮かべるような笑みではない。人類も魔族もどちらも晴れやかな笑顔だった。

監獄島を乗っ取って、自分達が解放されたから――笑うのはわかる。

人類と魔族がそれぞれ別々にならう。だが人類と魔族が顔を合わせて談笑するなど、どういう状況で生じた奇跡か。

「ここから別に逃げなくてもいいんじゃないかって……言い出して」

「…………」

「無理に逃げても、人類領域に辿り着く前に、他の魔族に捕まる可能性がありますし、それならここにいた方が安全だろうって……僕らも彼らをイマルかどこかまで護送する余裕は、時間的にも人数的にもないですし。〈魔王〉を復活させて停戦を宣言してもらえば、安全に人類領域に帰ることができるかもしれませんし」

「…………むぅ？」

腕を組んで唸《うな》ることしばし。

やがてダンカンは――溜息を一つついて言った。

「囚人と看守が仲良くなってしまう事例は、昔からあるそうだが……」

「あ。そうなんですね、やっぱり」

「だが、小役人。あくまでそれは人類同士の話だ。それに、そもそもそうした関係は、状況が変われば長続きはしないことが多いと聞くぞ？　釈放された途端に、仲良くしていた囚人と看守は没交渉になるとか──」

「まあその点については気掛かりではあるんですが。他に採るべき手段がない以上、信じて任せるしかないでしょう」

確かにクレトの言う通り、他に手段はない。少なくともダンカンは思いつけない。最善──かどうかは不明だが次善策ではあるのだろう。

「それに──」

とクレトは微苦笑のようなものをその顔に浮かべて──少し離れた所に立っているミユリを見遣《みや》った。

「あんまり変わらないみたいですしね」

「……なんだと？」

それは人類と魔族という意味か。

「見た目は違うっちゃ違うんでしょうけど。割と考え方とか、方向性は異なりますけど、根っこは同じかなあと。少なくとも魔族も僕達と同じような喜怒哀楽があるわけですし」

「………」

ダンカンが自分の方を見ているのに気付いてミユリは眼を伏せたが──クレトを見つめ返していた彼女の白い頬が少し赤らんでいるのはわかった。勿論それはいつものように緊張してそうなっているだけのことなのかもしれないのだが。

「むしろ人間でもわからない人はとことんわからないですし」

「……俺は貴様がわからん」

とダンカンは首を振った。

一体この若き官吏は何を考えているのか。

（まさか本気で人類と魔族が仲良くできると──理解し合えるとでも？）

その考えの是非や善悪はさておき、それは自分には出てこない発想だとダンカンは思う。

外見からもわかる通り、人類と魔族は『違う』生き物だ。

似ている部分があるからこそ違う部分も際立つ。

似て非なるからこそ戦争が起こる。

（殺し合いをしてきたのだぞ。百年も）

寝ても覚めても魔族を殺すことだけを考えて生きてきたのだ。

親しい戦友を何人も魔族達に奪われてきたのだ。

許せる筈がない。人としての心があるのなら。

しかし──

「でも、法術師に死者は出ず、魔族娘目撃の報もここで停《と》められる……私達の使命の旅に生じるであろう問題を取り除けたわけでー」

何を思ったのか、背後から、ミルドレットがダンカンの肩に手を掛け、顎を乗せるようにして――まるで窓の縁にぶら下がる猫のような体勢で、彼の背中にぶら下がりながら、そんなことを言ってくる。

「結果を見ると、悪くない落としどころかと思いますよー、リンデン卿？」

「そう思います。木っ端役人としては」

「………………」

ダンカンはもう一度、ミユリの方を一瞥《いちべつ》して――彼女が小さく、しかしはっきりと頷くのを見た。それはダンカンに対して、というよりもクレトに対する信頼を示す仕草のようにも見えて――

幾つもの言葉がダンカンの脳裏を過ぎる。

賛辞。侮蔑。その他諸々《たもろもろ》。だがどれも今ひとつしっくりこない。

なので――

「本当に役人というのはタチが悪いな」

とりあえず、そうこぼした。

●

ゴドモン監獄島の占拠――その翌日。
クレト達は〈魔王〉復活のための旅に戻ることになった。

「とりあえず誤魔化せるだけ誤魔化しておきます」

と――杖《つえ》をついたアレクシスは言った。

罪人達と獄卒達……立場がいきなり入れ替わったゴドモン監獄島だが、捕まっていた人類側も法術師達は、全員が解放された。

これはクレトが罪人達にそうするようにと提案したということもあるが、罪人達の側でも法術師達を動き回れるようにした方が都合が良いという判断が下されたからである。

あくまでも罪人達の人類法術師に対する認識は『奴隷』で――とてもとても便利で貴重な『奴隷』を獄卒達にくれてやるつもりはない。

また獄卒百人が生活するための設備と空間しかないゴドモン監獄島の『壁』の中で、千四百人の罪人が暮らすのにも無理がある。

ならば『壁』と『村』を自由に行き来できるようにするのが最善で――そうなれば、法術師達も罪人の移動に合わせて連れ回せるのが便利だ、と判断されたのである。

法術師達の側でも、多くは長期間の虜囚状態が続いていたことから、旅ができる身体ではない――どころか歩くことにすら支障が出る者が多く、無理に人類領域に戻ろうと試みるよりは、ここで体力を温存した方が安全だ、という判断になったらしい。

「解放してもらってなんですが、まあ、良くも悪くも我々は共に暮らした『仲間』なので、これからもしばらくはここで頑張ってみますよ」

とアレクシスは苦笑を浮かべてそう言った。

「…………」

アレクシスが魔族を『仲間』と評したことについて、ダンカンは複雑な表情を浮かべているが、とりあえず何も言わなかった。

「こんな辺境だと簡単な定期連絡をやりとりはしますが、他の魔族がやってくることは滅多にありませんし。ああ、勿論、そちらのミユリさん——でしたか、彼女のことは御要望通り『死んだ』と報告書を送るように手配します。ここにいる罪人は大抵、政治犯ですから、中央の魔族政府には敵意こそあれ、おもねることはないでしょうし」

「よろしくお願いします」

そう頭を下げて頼むと、クレトはメルダ、ダンカンと共に馬車の所に駆け寄った。

「——行きましょう」

「ハい」

御者台の上で手綱を握るのはミユリである。クレトが彼女の隣に座ると、魔族の娘は少し意外そうな表情を浮かべていたが。

「あの……クレトさン？」

「はい」

「もフもフしてもいいでス？」

「——え？」

とクレトが驚いて声を漏らした時点で、すでにミユリはぎゅっと腕を回してクレトの頭部を掻《か》き抱《いだ》いていた。自分の豊かな胸に彼の頭部を押しつけて、上から頬摺《ほおず》りをしてくる。

　更には手でクレトの金の癖っ毛をわしゃわしゃと掻き回して。

「む……ぐ……？」

　クレトとしては胸の感触が柔らかくて気持ち良いやら、息苦しいやらで、じたばたと暴れていたが――ミユリもクレトがのぼせて窒息する前に解放してくれた。

「ミユリさん……」

「お返しでス。尻尾、弄《いじ》り回さレタことの」

　とミユリは微笑《ほほえ》む。

　その笑顔が、魔族のものとは思えないほどに――いや、魔族とか人類とかそういう区別を吹っ飛ばしてしまうくらいに優しく愛らしいものに見えて、クレトは一瞬、どぎまぎした。

「いや、あれは――」

　ミユリが好きにして良いと言ったから。

「父を連れ帰っタ母の気持チ……わかっタ気がしまス」

「――え？」

「これからモ、よろシクお願いシまス」

「え？　あ、はい、こちらこそ」

　などと戸惑いながらクレトが応じていると。

「クレトお兄ちゃん」

馬車の荷台兼客室の方から声が掛かる。

次の瞬間、クレトとミユリの間をするりと抜けて――御者台の上に出たメルダが、これまたひょいと軽い動作でクレトの膝の上に乗ってきた。

「え？　ちょっと、メルダ？　なんで、その、僕の膝の上に？」

何の躊躇《ちゅうちょ》も逡巡《しゅんじゅん》もなく座っているのか。

「………………」

意外なことを訊《き》かれた、という風にメルダはしばらく首を傾げていたが。

「座りたかったから」

と答えてきた。

「それとお兄ちゃん。私、報酬貰《もら》ってないよ」

「は？　報酬？」

「前にね、〈魔王〉が言ってたんだけどね。使命だとか運命だとか適当でそれっぽい、そのくせ中身のない言葉を掛けられたからって、ただ働きしたら駄目だって。ちゃんと自分で考えて報酬貰えって」

とメルダは言った。

「ハい。陛下、そう言っておらレマレタ」

と苦笑しながらミユリもそう言い添えてくる。

「だから私は何かお願いされて働いたら、報酬貰うんだよ」

「えっと、あの、おいくらくらいでしょう？」

考えてみればクレトにとっては上司に命じられた『仕事』であるわけだが、メルダはクレトが引っ張り込んで連れてきているわけで。

しかしこの極めて危険な道行きに同行してもらうのに、クレトは何も彼女の尽力に対して報いるものがない。

一緒に来ているのは単に『兄妹《きょうだい》は一緒にいるもの』という認識からかもしれないが、今回のように何か頼んで働かせた場合は、確かに義兄妹の間柄といえども、『報酬』を支払うべき、というのは筋が通っている。

とはいえ……大した権限もない小役人に、しかも旅先で支払えるものなんぞない。しかもこれからも何度となくメルダの力に頼ることになる可能性は高いわけで――

「よ……予算には限りがありましてですね？」

「頭撫《な》で撫でして」

「安っ⁉」

思わずそう叫ぶクレトと、それを見て笑うミユリ。

何事かとダンカンとミルドレットも荷台から顔を覗《のぞ》かせてきて――

「どうしましたー？」

「何かあったか、小役人？」

「あ。いやその」

「クレトさんが、〈勇者〉を撫で回す、事ニ」

「え？　いや、ミユリさん、その言い方は――」

「うわあ。クレトさん、そういう趣味だったんですねー。どん引きしちゃいますー」

とミルドレットが言う。

まあ実際、クレトは今、メルダを膝の上に座らせているわけで。

しかもメルダはといえば、『早く撫でろ』と言わんばかりにぐりぐりとクレトの顎に自分の頭を押しつけてくる。

傍から見れば言い訳しようのない密着状態で、何かあらぬ誤解を受けても仕方ない感じなのだが――

「小役人。見損なったぞ」

「最初からですよね、それ⁉」

とダンカンに叫んでから――クレトは溜息をつく。

まあ膝の上のメルダが、ミユリとは別の意味でこう――犬っぽくて。

撫で回したくないのか？　と言われれば、もう激しく撫で回したい気持ちは確かにあって。

「ああもう、いいですよ、好きに見損なってください！」

ぐりぐりと掌《てのひら》でメルダの頭を撫で回しながら――ついでに顔も付けて彼女の髪の匂いな

んかも嗅いだりしながら、開き直るクレト。

その様子を見ながら——多分に偶然なのだろうが——ダンカン、ミルドレット、そしてミユリは、声を揃《そろ》えて、笑った。

あとがき

どうも、お久しぶりです&初めまして。
小説その他諸々屋の榊一郎です。
講談社ラノベ文庫から新刊『おお魔王、死んでしまうとは何事か』をお届けいたします。

本作はいわゆるハイ・ファンタジーですが、作中でのネタには（敢えてそのものの単語には言及してませんが）『戦争って始めるより終わらせるのが難しいよね』とか『ストックホルム症候群』等の現実寄りのものを色々ちりばめて使っております……って、まあ昨今の流行に合わせつつも、根っこはいつもの榊の作風と思っていただければ（笑）。

その一方で本作は例外的に、企画当初から鶴崎先生が絵をつけてくださるのが決まっていた（というか鶴崎先生と組んで何かしたいってところから企画が始まった）ので、鶴崎先生のご提案により、普段の私だとあんまりやらない主人公になっています。

具体的には――ショタ小役人、爆★誕……！
もしくは仔役人（誤字ではありません。宣伝担当W氏の造語）ッ！

ヒロインの一方であるミユリは長身かつ爆乳のお姉ちゃん的ポジション（?:）、もう一方のヒロインであるメルダは小柄かつ貧乳の妹ポジションという布陣。即ち『おね×ショタ×いも』のサンドイッチ状態。
これに何考えてるかよく分からないロリ婆エルフと、髭面のおっさん騎士を加えた五人の『魔王復活の為の旅』が本作であります。

挿絵の鶴崎貴大先生、担当の箕崎准先生（え?:）、校正者さん……
加えて、宣伝担当のW氏、実験的に宣伝用のガジェット（メルダの心臓首飾り、クレトのドッグタグ等）製作をしてくださった（モデラーネーム）たいがー・べロリーヌ・ライトニングボルト様、刀匠の石田四郎國壽様、宣伝用実写映像スタッフのたける様、木京様、キャスト（メルダ役）の玲様……皆様、まことにありがとうございます。

どうか皆さんのご助力に本作が報いられますように。
そして手にとってくださった方が、『あ、こんな榊の小説もアリだな』と楽しんでいただければ幸い。

2020年11月1日　榊一郎

ファンレター、
作品のご感想を
お待ちしています。

## あて先

〒112-8001　東京都文京区音羽2-12-21
(株)講談社ラノベ文庫編集部 気付

「榊一郎先生」係
「鶴崎貴大先生」係

---

より魅力的で楽しんでいただける作品をお届けできるように、
みなさまのご意見を参考にさせていただきたいと思います。
Webアンケートにご協力をお願いします。

**https://voc.kodansha.co.jp/enquete/lanove_123/**

---

講談社ラノベ文庫

# おお魔王《まおう》、死《し》んでしまうとは何事《なにごと》か
## ～小役人《こやくにん》、魔王復活《まおうふっかつ》の旅《たび》に出《で》る～

榊《さかき》 一郎《いちろう》

2020年11月30日第1刷発行

| | |
|---|---|
| 発行者 | 森田浩章 |
| 発行所 | 株式会社　講談社<br>〒112-8001 東京都文京区音羽2-12-21 |
| 電話 | 出版　(03)5395-3715<br>販売　(03)5395-3608<br>業務　(03)5395-3603 |
| デザイン | 林弘樹 |
| 本文データ制作 | 講談社デジタル製作 |
| 印刷所 | 豊国印刷株式会社 |
| 製本所 | 株式会社フォーネット社 |



ISBN978-4-06-521350-6　N.D.C.913　342p　15㎝
定価はカバーに表示してあります

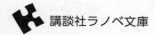